Annie de Vries ist in Den Haag geboren und arbeitet seit dem Abschluss ihres Wirtschaftsstudiums in der Stadtverwaltung von Den Haag. Sie liebt Spaziergänge am Meer, vorzugsweise im Herbst und Winter, heißen Kakao mit (viel) Sahne, vegetarische Kroketten und Falafel.
Mit ihrem Lebensgefährten Rik van der Velde pendelt sie zwischen ihrer Wohnung am Stadtrand von Delft und ihrem Wohnwagen auf einem Campingplatz nahe Westkapelle. Immer an ihrer Seite ist ihr Terrier Foxy.

ANNIE DE VRIES

MORDESSTUND hat Gold im Mund

Erstausgabe April 2024

Mordesstund hat Gold im Mund

ISBN 978-3-98778-987-8
E-Book-ISBN 978-3-98778-646-4
Hörbuch-ISBN: 978-3-98778-653-2

Covergestaltung: Nadine Most
Umschlaggestaltung: ARTC.ore Design
Unter Verwendung von Abbildungen von
stock.adobe.com: © Eva Gruendemann, © Serghei V, © Tani Clou
shutterstock.com: © Andrey_Kuzmin, © SCOTTCHAN, © J.Z
depositphotos.com: © belchonock
Lektorat: Katrin Gönnewig
Satz: dp DIGITAL PUBLISHERS GmbH
Druck und Bindung: Books on Demand GmbH, Norderstedt

Prolog

„Es war eine dunkle und stürmische Nacht“, murmelte der Mann und musste leise über seine Bemerkung lachen. Es war tatsächlich eine dunkle und stürmische Nacht, und das war ganz nach seinem Geschmack. Bei diesem Sturm gingen um Mitternacht allenfalls die Leute aus dem Haus, die noch den Hund ausführen mussten, und selbst die beeilten sich, wieder nach drinnen zu kommen. Selbst die Hunde hatten keine Lust, sich länger als unbedingt nötig im Freien aufzuhalten.

Damit war das Risiko, von jemandem gesehen zu werden, äußerst gering. Und selbst wenn, wäre es ziemlich egal gewesen, da er so dick eingepackt war, dass niemand ihn hätte genauer beschreiben können. Er war allenfalls ein Mann um die eins achtzig in dunkler Kleidung, der eine Kapuze über den Kopf gezogen und sich einen Schal vor Mund und Nase gebunden hatte.

Sein Wagen parkte so weit entfernt, dass er mit dem Fahrrad hatte herkommen müssen, und alles nur, damit niemand auf die Idee kam, sich das Kennzeichen zu notieren. Das Rad hatte er noch vor den ersten Häusern am Rand von Zuiderdijk in ein Gebüsch geschoben, wo es keinem auffallen konnte. Den Rest des Weges war er zu Fuß gegangen, für die Strecke hin und zurück würde er wohl um die zwanzig Minuten benötigen, und ganz sicher würde in dieser Zeit niemand das Fahrrad bemerken.

Auf dem Marktplatz angekommen sah er sich kurz um. Die Straßenlaternen sorgten für wenig Licht, sodass jemand, der sich möglichst nur in den Schatten am Rand bewegte, kaum Gefahr lief, gesehen zu werden. Die Lokale auf der linken Straßenseite waren alle so gut wie dunkel. Die Leuchtreklamen hatten die Inhaber ausgemacht, in dem einen oder anderen Restaurant brannte eine Art Notbeleuchtung.

Er wechselte die Straßenseite und bog auf den Marktplatz ein, zu seiner Rechten befand sich die Kirche. Als er um das alte Gebäude herumging, entdeckte er die Frau sofort, obwohl sie sich vom Lichtschein der beiden Straßenlampen fernhielt. Jeder andere hätte sie übersehen, aber ihm fiel sie auf, weil er wusste, dass sie da sein würde. Zielstrebig ging er auf sie zu.

„Haben Sie es?“, fragte die Frau ohne Vorrede, als er vor ihr stehen blieb. Nur die Lampen links und rechts sorgten für ein wenig Licht, aber es genügte, um zu erkennen, dass sie diejenige war, mit der er verabredet war.

„Selbstverständlich habe ich es“, erwiderte er und griff in seine Jackentasche.

„Sehr gu...“, begann sie, kam aber nicht mehr weiter, weil der Mann ihr das mitgebrachte Küchenmesser mit einem gezielten Stich ins Herz jagte. Die Frau sah ihn mit aufgerissenen Augen an, bekam aber keinen Ton mehr heraus. Als sie leicht zu wanken begann, packte er sie unter den Armen und schob sie ein Stück weit nach hinten, um sie auf die Bank zu setzen. Er drückte sie gegen die Rückenlehne, bis sie stabil dort saß, dann kippte ihr Kopf nach vorn, während das Messer aus ihrer Brust ragte.

Der Mann durchsuchte ihre Jackentasche, dann stieß er auf das zweite Handy, zu dem er sie überredet hatte, damit bei keinem von ihnen auf dem regulären Telefon eine womöglich verräterische Nummer auftauchte.

Beruhigt steckte er es ein und sah auf seine Armbanduhr. Sieben Minuten nach Mitternacht. Lautlos zählte er mit. Bei null angekommen gingen die Straßenlampen rund um die Kirche und auf dem Marktplatz aus. Alles war exakt so wie am Abend zuvor, als er sich diese Stelle ausgesucht hatte. Es war ein purer Glücksfall gewesen, dass er hier genau um kurz nach Mitternacht hergekommen war und Augenblicke später diese Lampen hier erloschen waren. Auf die Nachtschaltung der Straßenbeleuchtung von Zuiderdijk war offenbar Verlass. Im Schutz der Dunkelheit verließ er den Marktplatz und machte sich auf den Rückweg ...

1. Kapitel

„Bist du aus dem Bett gefallen, Rainer?"

Der groß gewachsene grauhaarige Mann mit Vollbart und Pferdeschwanz war offenbar zielstrebig auf dem Weg zu dem Tisch im Speisesaal, an dem er am Abend gesessen und irgendeinen umfangreichen Text bearbeitet hatte, zu dem er sich nicht weiter geäußert hatte. Verdutzt drehte er sich um und sah zur Empfangstheke, wo Jenny stand und eine Handvoll Belege sortierte. Sie winkte ihm zu, fuhr sich durch ihre blonden Locken und musste dann von Herzen gähnen.

„Du etwa nicht?", konterte er amüsiert. „Dass in deiner Küche morgens um die Zeit Hektik herrscht, weiß ich ja, aber üblicherweise überlässt du diese Arbeiten deinen Angestellten."

„Oh, die lasse ich da hinten auch in Ruhe arbeiten", versicherte sie ihm. „Da will ich niemandem in die Quere kommen. Aber du hast meine Frage noch nicht beantwortet."

„Ich suche meinen Kugelschreiber", sagte er und schaltete die Taschenlampe seines Handys ein, um unter den Tisch zu leuchten.

„Sonntagmorgen um halb sieben?"

„Wenn ich bis um acht Uhr warte, wird er womöglich von einem anderen Gast entdeckt, der ihn einsteckt, weil er ihn für einen Werbe-Kuli hält", erklärte er.

„Was er aber nicht ist?“, folgerte Jenny.

„Richtig. Der ist ein kleines Meisterwerk, ein Geschenk vom Set Designer einer meiner Filme.“ Rainer ging neben dem Tisch in die Hocke und zog einen der Stühle nach hinten. „Ach, da ist er ja“, rief er erleichtert, nahm den Stift an sich und ging zu Jenny. „Hier, siehst du? Der ist mit einem ganz feinen Knochenmuster verziert, alles Handarbeit.“

„Also ein echtes Einzelstück.“ Jenny nahm den Kugelschreiber und betrachtete ihn ganz genau von allen Seiten. „Das sieht grandios aus. Aber warum ausgerechnet Knochen? Ein Horrorfilm?“

Rainer schüttelte den Kopf. „Ein Piratenfilm.“

„Ah, wegen der Piratenflagge“, sagte sie und nickte.

„Richtig. Und warum machst du am Sonntagmorgen um halb sieben deine Buchhaltung?“, gab er zurück und deutete auf die Belege, die sie in der Hand hielt.

„Ich nutze nur die Wartezeit sinnvoll“, sagte Jenny.

„Die Wartezeit? Darf ich fragen, worauf du wartest?“

„Darfst du“, entgegnete sie grinsend. „Und ich werde es dir sogar sagen, ohne dass du mich extra danach fragen musst.“

„Ich habe dich doch gerade ...“, wollte er protestieren, sagte dann aber: „Stimmt, ich hatte ja nur gefragt, ob ich dich fragen darf.“ Er nickte nachdenklich.

„Ich habe dir doch von meiner Freundin Babette Kramers erzählt, die letzten Monat von Groningen hierher nach Zuiderdijk umgezogen ist“, sagte Jenny schließlich.

„Ah ja, die sagenumwobene Freundin, die ich noch immer nicht kennengelernt habe, und die ...“

„... die du aber in den nächsten Sekunden kennenlernen wirst, weil sie gleich zur Tür hereinspaziert kommt“, sagte Jenny.

„Hm, kannst du hellsehen?“, fragte Rainer.

„Nein, aber ich kann *sie* sehen“, antwortete sie. „Der Spiegel schräg hinter dir zeigt mir nämlich, wer das Haus betritt, auch wenn ich gerade mit dem Rücken zur Tür stehe.“

Beide drehten sich um, als die Tür aufging und eine zierliche Frau hereinkam, die einen regen- und windabweisenden Jogginganzug trug. Mit ihrer wallenden roten Mähne hätte sie wahrscheinlich auch ohne Vorsprechen eine Hauptrolle in dem Musical Hair bekommen, obwohl ihr strahlendes Lächeln gepaart mit einem Hauch von Sommersprossen vielleicht schon genügt hätte.

„Du bist ja tatsächlich schon wach“, rief Babette ihr zu. „Ich dachte, ich müsste dich erst noch persönlich wachrütteln.“ Sie lächelte Rainer an. „Will da jemand Erster in der Schlange vor dem Frühstücksbüfett sein?“, fragte sie und zwinkerte ihm zu.

„Babette, darf ich dir vorstellen?“, ging Jenny dazwischen. „Das ist Rainer Trompeter, ein Freund der Familie, der schon in Westkapelle zu unseren Stammgästen gehörte.“

„Hallo, Rainer. Der Name klingt deutsch.“

„Ist er auch“, erwiderte er.

„Rainer, das ist Babette Kramers, meine Freundin seit der Grundschule“, redete Jenny weiter. „Nach ihrer Hochzeit haben sich unsere Wege für ein paar Jahre getrennt, weil sie nach Groningen gezogen ist, wo ihr Mann als Ingenieur gearbeitet hat.“

„Wurde er versetzt?“, erkundigte sich Rainer.

„Nein, da oben wird so nach und nach alles geschlossen, weil wegen der Erdbebengefahr kein Gas mehr gefördert wird“, erklärte Babette.

„Erdbeben? Die nördlichen Provinzen sind doch gar keine Erdbebenregion, dass man deswegen die Gasförderung einstellen müsste, oder irre ich mich?“, fragte er verwundert.

„Nein, nein. Die Erdbeben sind durch die Gasförderung ausgelöst worden“, stellte Babette richtig. „Wir konnten zum Glück unser Haus zu einem guten Preis verkaufen, weil irgendein Unternehmen sich da ansiedeln will und jeden Quadratmeter Fläche braucht, den man irgendwie ergattern kann. Für unser Haus hätten wir keine fünf Euro mehr bekommen. Da war alles voller Risse, und ich weiß nicht, wie lange das noch gehalten hätte. Dann ergab sich ein Job im Hafen in Rotterdam, und weil das nicht weit weg ist, habe ich gesagt, dass wir nach Zuiderdijk ziehen sollten. Dann habe ich wenigstens meine beste Freundin wieder. Tja, und da bin ich.“ Sie machte eine triumphierende Geste.

„Dann ... hast du früher auch in Westkapelle gewohnt?“, fragte Rainer verwundert. „Ich kann mich nicht daran erinnern, dich da gesehen zu haben.“

„Du meinst, weil ich dir garantiert aufgefallen wäre?“, konterte sie grinsend und deutete auf ihre rote Mähne.

Rainer musste lächeln. „Wenn du die Haare schon immer so getragen hast, dann wäre das sicher der Fall gewesen“, stimmte er ihr zu.

„Hm, das wundert mich“, sagte Babette. „Wir haben damals zwar in Meliskerke gewohnt, aber weil meine

Eltern beide gearbeitet haben, bin ich nach der Schule immer mit zu Jennys Eltern gegangen. Das ist seltsam."

„Ich glaube, so seltsam ist das nicht", meldete sich wieder Jenny nachdenklich zu Wort. „Rainer war immer nur während der Ferien hier, und du warst während der Ferien mit deinen Eltern bei deiner Tante in Spanien. Ihr seid euch früher sehr wahrscheinlich nie begegnet. Ach übrigens, falls es einer von euch nicht weiß: Ich bin Jenny van Oosterburg, mir gehört die Pension Huis Zonnebloem hier in Zuiderdijk. Ihr dürft mich gern Jenny nennen."

„Ah, jetzt weiß ich, wo ich dich schon mal gesehen habe", sagte Rainer und zwinkerte ihr zu, dann aber zog er die Augenbrauen zusammen. „Mir fällt gerade ein, dass ich immer noch nicht weiß, warum ihr alle so früh am Morgen auf den Beinen seid."

„Weil Jenny und ich eine große Runde Joggen gehen werden", verkündete Babette mit strahlender Miene.

Es kam Jenny wie ein Fingerzeig des Schicksals vor, als gleich darauf eine heftige Windböe Regen gegen die Scheiben des Eingangsbereichs prasseln ließ. „Ich würde sagen, es hat gerade eben angefangen zu regnen", sagte sie und war mit einem Mal gar nicht mehr so begeistert davon, früh am Morgen durch Zuiderdijk zu joggen.

„Geregnet hat es eben auch schon", meinte Babette gelassen. „Es scheint jetzt bloß Sturm dazugekommen zu sein."

„Du siehst aber nicht aus, als wärst du durch den Regen hergelaufen", wunderte sich Jenny.

„Bin ich auch nicht, weil mein Schatz mich vor der Tür abgesetzt hat. Er muss kurzfristig für einen Kollegen einspringen."

„Ihr beide habt euch ja das perfekte Wetter ausgesucht, um mit dem Joggen zu beginnen", meinte Rainer und zog skeptisch eine Augenbraue hoch, als weitere Regenschwaden gegen das Glas getrieben wurden.

Babette zuckte unbeeindruckt mit den Schultern. „Wie sagt ihr Deutschen immer? Es gibt kein falsches Wetter ..."

„... nur Verrückte, die bei Kälte freiwillig durch Sturm und Regen laufen", führte Rainer schmunzelnd den Satz anders zu Ende, als sie es erwartet hatte. „Wenn ihr wenigstens im April oder Mai damit anfangen würdet, wenn es morgens auch schon etwas heller ist, aber nicht gleich in der ersten Januarwoche."

„Wenn ich ehrlich sein soll, würde ich mich ja lieber wieder ins Bett legen", gestand Jenny, als das Prasseln an den Scheiben noch lauter und beharrlicher wurde. „Da würde ich mich wirklich wohler fühlen."

„Nichts da, die Wampe muss weg", widersprach Babette und klatschte ihr im Spaß mit den Handrücken gegen den Bauch.

„Ich habe keine Wampe", protestierte Jenny.

„Doch, hast du. Ich weiß, wie viel Speculaas, Schokolade und Marzipan du allein bei mir seit Sinterklaas gefuttert hast."

„Habe ich nicht. Das war nur ein bisschen", beharrte Jenny.

„Und dazu dann noch die Oliebollen-Orgie an Silvester. Zwei mit Rum, zwei mit Vanillevla, zwei mit Rosinen, zwei mit Banane ..."

„Ja, ja, ja, ist ja gut!“ Jenny hob kapitulierend die Hände. „Hätte ich mir bloß keinen menschlichen Kalorienzähler zugelegt!“

„Hast du aber, und dafür wirst du jetzt bestraft – und fit wirst du bei der Gelegenheit auch wieder“, konterte Babette gut gelaunt zurück. „Zwei Fliegen mit einer Klappe.“

„Ich würde eher sagen, zwei Muskelkater zum Preis von einem.“

Babette schüttelte den Kopf. „Für so was macht man schließlich Stretching. Das hast du doch heute Morgen gemacht, oder?“

„Wenn ich Nein sage“, fragte Jenny mit einem listigen Funkeln in den Augen, „darf ich daheim bleiben?“

„Nein“, gab ihre Freundin mit gespielter Härte zurück. „Wenn du nicht läufst, laufe ich auch nicht, und das kann ich mir nicht erlauben. Schließlich habe ich mir ja in den letzten Wochen auch eine Wampe angefuttert, seit ich hier bin ...“

Rainer musterte die zierliche Frau und meinte lakonisch: „Ich nehme an, die Wampe hast du zu Hause gelassen, weil sie beim Joggen stört.“

„Was?“ Sie sah an sich herab und legte eine Hand auf ihren Bauch. „Das sind mindestens drei Kilo zu viel.“

„Bei drei Gramm zu viel würde ich zustimmen“, sagte Rainer amüsiert. „Aber nicht bei drei Kilo.“

„Babette war früher auch schon so“, warf Jenny ein. „Selbst wenn sie völlig makellos wäre, würde sie sich darüber beklagen, dass es nichts gibt, worüber sie sich beklagen kann.“

„Ach, ihr versteht mich alle nicht“, erwiderte Babette kopfschüttelnd. „Aber in dem Punkt versteht mich ja nicht mal mein Mann.“

„Kann ich gut verstehen“, scherzte Rainer und musste gähnen. „Entschuldigt, aber ich muss noch ein paar Stunden Schlaf nachholen ... in meinem *warmen, kuscheligen* Bett, wo ich dann den Regentropfen lausche und nach einer Weile über dem Geräusch einschlafe, weil es *so gemütlich* ist.“

„Hör nicht auf diesen Mann“, ermahnte Babette ihre Freundin. „Den hat der Teufel hergeschickt, damit er dich davon abhält, etwas für deinen Körper zu tun.“

Rainer verzog den Mund. „Verdammt, ich wurde durchschaut. Dann nichts wie weg.“ Er ging Richtung Treppe. „Wir sehen uns später ... hoffe ich“, fügte er an und setzte eine finstere Miene auf.

„Hoffst du?“, wiederholte Jenny irritiert. „Weißt du irgendwas, was wir nicht wissen?“

„Ich weiß nur, dass der Erfinder des Joggens beim Joggen gestorben ist“, gab er mit einem Augenzwinkern zurück.

„Wir haben nicht vor, unterwegs zu sterben“, antwortete Babette überzeugt, hielt die Tür für Jenny auf und ließ sie vorbeigehen. Dann fasste ihre Haare zusammen und zog die Kapuze ihres Jogginganzugs über den Kopf.

„O Gott, das regnet ja noch schlimmer, als ich gedacht hatte“, stöhnte Jenny, als sie unter dem schützenden Vordach hervorkam. „Wir werden nach zehn Metern klatschnass sein!“

„Na und?“, sagte ihre Freundin unbekümmert. „Mehr als nass werden, kann man nicht. Komm!“ Sie gab ihr einen Klaps auf die Schulter und lief zum Tor, durch das sie auf den Dijkweg gelangten, der seinem Namen entsprechend am Deich entlang verlief.

„Also, rauf auf den Deich sollten wir besser nicht gehen", fand Jenny. „Wenn wir gegen den Wind laufen, kommen wir nicht von der Stelle ..."

„... und wenn wir mit dem Wind laufen", ergänzte Babette, „dann treibt der uns vor sich her, was auch keinen Spaß macht. Vor allem nicht, wenn man auf einmal von einer heftigen Böe erwischt wird, die einem die Beine unter dem Po wegweht." Sie nickte zustimmend. „Dann lass uns doch durchs Dorf laufen. Da ist um die Zeit keiner unterwegs, der uns in den Weg geraten könnte."

„Und auch keiner, der mich dabei sehen könnte, wie ich mich zum Affen mache", fügte Jenny hinzu und folgte Babette, die links um den Block lief.

Noch bevor sie an der nächsten Ecke angekommen waren, an der sie wieder nach links abbiegen mussten, fragte Babette neugierig: „Und? Was läuft zwischen euch?"

Jenny wischte sich den Regen aus dem Gesicht und warf ihrer Freundin einen ratlosen Seitenblick zu. „Zwischen wem?"

„Na, zwischen dir und Rainer", stellte Babette klar.

„Rainer? Rainer Trompeter?", fragte Jenny. „Du meinst den Rainer, den du gerade eben kennengelernt hast?"

„Ja, sicher."

Jenny schüttelte den Kopf. „Da läuft gar nichts. Wir sind einfach nur gute Freunde. Wir kennen uns von früher, weil er immer bei meinen Eltern in der Pension ein Zimmer nahm, wenn er Urlaub in Westkapelle machte. Irgendwann ist er nach Amerika gegangen, hat beim Film angefangen und arbeitet in Hollywood, und jetzt ist er für eine Weile hier."

„Der Mann lebt in Hollywood und macht ausgerechnet in Zuiderdijk Urlaub?", fragte Babette ungläubig, während sie sich der Grote Straat näherten. „Nichts gegen Zuiderdijk, ich liebe es hier wirklich, aber Rainer könnte in Florida Urlaub machen, wenn ihm der Strand an der Westküste zu langweilig ist. Aber in dieses Dorf hier zu kommen, um ein paar Wochen Urlaub zu machen? Das klingt nicht sehr überzeugend. Ich glaube schon, dass er es auf dich abgesehen hat."

Jenny seufzte. „Er ist nicht hier, um ein paar Wochen Urlaub zu machen, sondern er nimmt eine mehrmonatige Auszeit von seinem Job."

„Und das kaufst du ihm ab?", fragte Babette. „Wenn er in Hollywood so eine große Nummer ist, dann könnte er doch in einem Luxushotel wohnen, wo es ihm an nichts fehlt."

„Gib es auf, Babette", sagte Jenny amüsiert. „Du kannst noch so sehr argumentieren, warum und wieso er was von mir will und warum das alles irgendwie nicht so ganz überzeugend klingt. Da ist nichts zwischen uns, und da wird auch nichts sein", versicherte sie ihrer Freundin. „Er ist ein guter Freund, weiter nichts. Wenn überhaupt, dann ist er für mich so was ein großer Bruder. Wenn ich einen älteren Bruder hätte, mit dem ich mich gut verstehen würde, dann wäre er wie Rainer."

„Wenn du das sagst", meinte Babette in einem Tonfall, der nach einem Hauch von Zweifel klang, aber immer noch vage genug war, um ihn leugnen zu können.

„Tu ich ja auch, Babette", erwiderte Jenny. „Nur weil dein Bruder und du euch nicht mal vertragen könntet, wenn einer von euch auf dem Mond leben würde, kannst du nicht davon ausgehen, dass das bei allen anderen Menschen auch so ist."

Babette verzog den Mund. „Ja, ich weiß", räumte sie ein. „Mein Bruder ist so ein Vollidiot, dass ich mir nicht mal vorstellen kann, wie es sein muss, einen netten und freundlichen Bruder zu haben, aber nicht einen solchen Schwachkopf, der sich nur melden kann, wenn er wieder mal abgebrannt ist, und dann Lügen über mich verbreitet, wenn ich ihm kein Geld gebe."

„Es ist schon schade, dass ihr beide euch so gar nicht versteht", sagte Jenny mitfühlend.

„Halb so wild", meinte ihre Freundin unbekümmert. „Die meiste Zeit des Jahres habe ich ja Ruhe, und jetzt muss er sowieso erst mal herausfinden, wo ich bin, wenn er in Groningen vor unserem Haus steht, das dann vielleicht sogar schon abgerissen worden ist." Der Gedanke ließ sie vergnügt auflachen, während sie um die nächste Ecke bogen und die Grote Straat entlangliefen, ohne dass der Regen nachließ.

Nach einer Weile musste Jenny zugeben, dass Babette recht hatte, als sie davon gesprochen hatte, dass man nur einmal nass werden könne. Der Jogginganzug war so wasserdicht, wie er in der Werbung angepriesen worden war, und gleichzeitig so luftdurchlässig, dass sie sich unter dem Stoff nicht zu Tode schwitzte. Nass wurde nur ihr Gesicht, und das konnte sie von Zeit zu Zeit mit den Händen abwischen.

Sie hatte sich Joggen im Regen viel unangenehmer vorgestellt, aber so ...

Das Unwetter schien ihre Gedanken gelesen zu haben, denn gleich darauf zuckte ein Blitz über den Nachthimmel von Zuiderdijk und tauchte die Umgebung für den Bruchteil einer Sekunde in taghelles Licht. Gleich darauf folgte ein Donnerschlag, der den Boden zittern ließ.

„Ich glaube, jetzt will ich nach Hause", sagte Jenny zu ihrer Freundin, gerade als sie von einem starken Windstoß erfasst wurde. „Ich habe nämlich tatsächlich nicht vor, unterwegs zu sterben, auch nicht durch einen Blitz."

Babette blieb vor einem der vielen Lokale stehen. „Heißer Tee mit einem Schuss Rum?", fragte sie.

„Von mir aus auch heißer Rum mit einem Schuss Tee", gab Jenny zurück, „solange du einverstanden bist, dass wir jetzt sofort nach Hause laufen."

Ihre Freundin grinste sie an. „Du hast mich überredet."

„Gut, dann laufen wir querfeldein über den Marktplatz", sagte Jenny. „Da stehen zwar links und rechts Bäume, in die der Blitz einschlagen könnte, aber dann können wir die Abkürzung zwischen den beiden Nebengebäuden der Pension hindurch nehmen und sparen ein ordentliches Stück Weg."

„Klingt gut", willigte Babette ein, während es wieder blitzte und donnerte. „Los geht's." Sie lief vor, Jenny war dicht hinter ihr.

Sie überquerten die Straße, die um diese Uhrzeit so verwaist war wie jede andere in Zuiderdijk, und liefen zwischen der ehemaligen Kirche zur Rechten und dem einstigen Marktplatz des Dorfs hindurch. Den hatte man mit Wohn- und Geschäftshäusern u-förmig bebaut.

Der nächste Blitz zuckte über den Himmel, und wieder war die Umgebung für einen Moment in gleißendes Licht gehüllt. Der Moment dauerte nicht lange genug, um den Kopf in die Richtung zu drehen, in der Jenny etwas bemerkt hatte – oder zumindest glaubte, etwas bemerkt zu haben. Denn als sie nach rechts sah, war dort alles wieder stockfinster. Hatte sie sich das nur eingebildet? War da überhaupt etwas gewesen? Oder hatte sie etwas wahrgenommen, das etwas ganz anderes war und nur zufällig so aussah, wie ...?

„Warte mal“, rief Jenny, gerade als der nächste Donner die Luft beben ließ. Damit Babette ihr nicht davonlief, die sie ganz offensichtlich nicht gehört hatte, fasste sie nach ihrem Arm und zog sie zurück.

Ihre Freundin sah sie über die Schulter an. „Was ist los?“, fragte sie.

„Ich habe da irgendwas gesehen, glaube ich“, sagte Jenny unschlüssig.

„Was denn? Und wo?“

„Ich weiß nicht genau, aber es kam mir so vor, als würde dahinten an der Kirche jemand auf der Bank sitzen“, sagte sie und deutete in Richtung des großen dunklen Gebäudes.

„Da ist doch alles stockfinster“, meinte Babette und kniff die Augen zusammen. Die wenigen Straßenlampen, die über den Platz verteilt standen, reichten gerade aus, um den Verbindungsweg zwischen der Grote Straat und dem Parallelweg erkennen zu können. Abends sorgten die Leuchtreklamen der Geschäfte auf dem Platz gegenüber der ehemaligen Kirche für genügend Licht, aber die waren seit Stunden ausgeschaltet, und der Regen trug seinen Teil dazu bei, die schlechten Lichtverhältnisse noch miserabler zu machen.

„Als es eben geblitzt hat, war da alles taghell", erklärte Jenny und wischte sich den Regen aus dem Gesicht. „Aber ich habe das nur aus dem Augenwinkel bemerkt, und als ich hinsah, war der Blitz schon vorbei."

„Okay, aber warum sollte bei dem Wetter jemand da auf der Bank sitzen?", überlegte ihre Freundin, die nicht von dem Gedanken begeistert zu sein schien, hinzugehen und nachzusehen.

Jenny konnte das gut verstehen, denn sollte dort tatsächlich jemand sitzen, dann sprach alles dafür, dass mit demjenigen etwas nicht stimmte. „Vielleicht war demjenigen schlecht und er musste sich irgendwo hinsetzen", gab sie zu bedenken.

Babette zog eine Augenbraue hoch. „Um sich da hinsetzen zu können, muss man doch sehen können, dass da eine Bank steht", wandte sie ein. „Soweit ich weiß, geht die Beleuchtung rund um die Kirche abends um zehn oder elf Uhr aus. Wenn dein Unbekannter sich um die Zeit da hingesetzt hat und jetzt immer noch da sitzt, dann ..." Sie verzog den Mund. „Dann dürfte er inzwischen sehr unterkühlt sein, wenn nicht sogar ..."

„Richtig", bestätigte Jenny. „Und genau deshalb müssen wir nachsehen."

„Müssen wir das?", fragte Babette zögerlich. „Ich meine, wenn er doch sowieso schon ... Du weißt, was ich meine."

„Wir wissen aber nicht, ob er das ist“, wandte Jenny ein. „Falls nicht, können wir ihm vielleicht noch helfen.“

„Können wir nicht die Polizei oder den Rettungsdienst anrufen, damit die nachsehen?“, schlug ihre Freundin vor.

„Babette, da drüben kann genauso gut ein Stapel Altkleider liegen, der nur nach einer Person aussieht. Erstens wird weder die Polizei noch ein Rettungswagen herkommen, wenn ich anrufe und sage, dass da jemand auf der Bank sitzen könnte. Die werden mir sagen, dass ich erst mal hingehen und mich vergewissern soll. Zweitens wäre es unverantwortlich, bei diesem Wetter einen Rettungswagen herkommen zu lassen, der dann vielleicht woanders zu spät eintrifft, nur weil die Sanitäter hier einen Berg Altkleider wiederbeleben sollen.“

Babette seufzte frustriert. „Kann es nicht wenigstens noch mal blitzen, damit wir von hier aus nachsehen können?“

Tatsächlich blitzte es fast wie auf Befehl, allerdings so weit entfernt, dass es rund um die Kirche stockfinster blieb. „Warte du hier“, sagte Jenny zu ihr, holte das Handy aus der Jacke, schaltete die Taschenlampe ein und ging los.

„Von wegen, ich lasse dich doch nicht allein da hingehen“, rief Babette und lief ihr hinterher.

„So mutig?“, fragte Jenny erstaunt.

„Ich wollte auch nicht allein da hinten stehen bleiben“, gestand sie, da Jennys forschender Blick zu wachsam. „Zufrieden?“

Jenny grinste sie nur an, dann wurde sie wieder ernst und ging weiter. Wegen des Regens reichte der Lichtstrahl der Taschenlampe nicht weit, aber da Babette ihrem Beispiel folgte und sie mit ihrem Handy unterstützte, konnte sie mehr erkennen.

Es handelte sich tatsächlich um eine Person, die im strömenden Regen auf der Bank saß. Ob Frau oder Mann, war auf diese Entfernung nicht zu erkennen.

„Hallo?“, rief Jenny. „Hallo? Ist alles in Ordnung? Sagen Sie doch was.“

Sie gingen noch näher heran, woraufhin Babette ihr zuflüsterte: „Vielleicht schläft er ja. Oder sie. Schlafende Leute soll man nicht wecken, weil man nicht weiß, wie sie reagieren.“

„Ich werde ihn erst mal am Knie packen“, gab Jenny zurück. „Vielleicht reicht das ja, um ihn zu wecken. Falls er schläft.“

„Mhm“, machte Babette in einem Tonfall, als würde sie längst ihre Entscheidung verfluchen, ausgerechnet an diesem Morgen auf einer Joggingrunde durch Zuiderdijk zu bestehen.

Im Schein der Taschenlampe war einfach nicht genug zu erkennen, um sich ein Bild von der reglosen Person zu machen, also ging Jenny näher heran und streckte eine Hand aus.

Das Timing des Unwetters hätte nicht unpassender sein können, denn Jennys Finger waren nur noch Zentimeter vom Knie entfernte, als ein weiterer Blitz den Platz neben der Kirche in ein so grelles Licht tauchte, dass es Jenny so erschien, als würde sie alles in Schwarz-Weiß sehen.

Sie konnte nicht sagen, was sie mehr erschreckte: Babettes gellender Schrei oder der Anblick des Messers, das in der Brust der offensichtlich toten Frau steckte, die da vor ihr auf der Bank saß.

2. Kapitel

„Oh, mein Gott!“, rief Babette entsetzt, womit für Jenny klar war, dass der Aufschrei ihrer Freundin sie mehr erschreckt hatte als die tote Frau auf der Bank.

Im Schein der Taschenlampe war der Anblick zwar auch nicht angenehmer, aber sie hatte durch den Blitz sehr detailliert gesehen, wie der Griff des Messers aus dem Körper der Frau ragte. Es war nicht nötig, das Bild noch einmal so drastisch vor Augen geführt zu bekommen.

Als Jenny die Hand in Richtung Hals ausstreckte, fragte Babette irritiert: „Was hast du vor?“

„Ich will ihren Puls fühlen“, sagte sie.

„Du willst eine Leiche anfassen?“, rief Babette entsetzt.

„Ich will herausfinden, ob wir eine Leiche vor uns haben oder eine Schwerverletzte“, erklärte sie und legte Zeige- und Mittelfinger an die Halsschlagader der reglosen Frau. Die saß zurückgelehnt auf der Bank, die Arme hingen schlaff herab, die Beine waren ein wenig angewinkelt. Dass sie in dieser Position nicht längst von der Bank gerutscht war, lag nur daran, dass die Sitzfläche stark nach hinten geneigt war. Auf der Bank hatte man daher eine Sitzposition, die mehr an einen Liegestuhl als an eine Parkbank erinnerte. Der Kopf war nach vorn gesunken, das Kinn lag auf der Brust, und durch den Regen, der vor einer Weile eingesetzt hatte, fielen ihr die langen schwarzen Haare ins Gesicht, sodass man von diesem Gesicht momentan wenig erkennen konnte. Der Regen hatte auch dafür gesorgt, dass das aus der Stichwunde ausgetretene Blut sich noch weiter auf ihrer Kleidung verteilt hatte und sich auch jetzt noch verteilte.

„Kein Puls", sagte Jenny.

„Das hätte mich auch gewundert", merkte Babette an, die nach wie vor auf Abstand zu der Toten blieb, als könnte die sie plötzlich anspringen. „Bei dem Griff muss das ja eine riesige Klinge sein, die ihr jemand ins Herz gerammt hat. Wie soll das jemand überleben?"

„Es hätte ja sein können, dass das erst vor zehn Minuten passiert ist", sagte Jenny. „Dann wäre ihr vielleicht noch zu helfen gewesen."

„Oh", machte ihre Freundin.

„Aber das da sieht sowieso schon nach getrocknetem Blut aus", stellte Jenny fest. „Also wurde sie schon vor einer Weile umgebracht." Sie griff nach ihrem Smartphone und rief das Telefonregister auf. Sie tippte auf einen Namen und hielt das Gerät ans Ohr. „Guten Morgen", meldete sie sich. „Mein Name ist Jenny van Oosterburg, ich möchte gern Commissaris Ruijters sprechen ... Sie hat heute frei? Oh, dann melde ich mich gleich noch mal", sagte sie, bedankte sich und legte auf. Sie wählte eine andere Nummer. „Jenny van Oosterburg hier, guten Morgen, Ilse ... Ja, ich habe einen guten Grund, Sie am Sonntagmorgen um sieben Uhr aus dem Schlaf zu reißen ... oder besser gesagt: einen unerfreulichen Grund. Auf einer Bank hier an der Kirche sitzt eine tote Frau mit einem Fleischermesser in der Brust

... Ja, genau ... Ja, ich werde hier auf Sie warten, danke. Ach ja, bringen Sie irgendwelche Scheinwerfer mit, hier ist alles stockfinster. ... Ja, bis gleich."

Als sie das Telefon wegsteckte, bemerkte sie Babettes ratlosen Blick.

„Du rufst die Polizei an, sagst nichts von der toten Frau, und dann rufst du eine Frau namens Ilse an, die sich sofort auf den Weg macht?"

Jenny nickte. „Ilse ist der Vorname von Commissaris Ruijters. Ich hatte schon einmal mit ihr zu tun, und es ist in diesem Fall sinnvoller, ihr von unserer Entdeckung zu erzählen. Wenn ich der Notrufzentrale Bescheid gebe, schicken die irgendwen her. Aber ich will nicht, dass irgendwer herkommt. Ich werde dir nachher die ganze Geschichte erzählen, jetzt habe ich erst mal zu tun." Sie drückte Babette ihr Telefon in die Hand. „Halt das Licht auf meine Hände", sagte sie und zog ein Paar Einweghandschuhe aus der Tasche, in der sie auch ihr Telefon verstaut hatte.

„Warum trägst du Einweghandschuhe in deiner Jogginghose mit dir herum?", wunderte sich ihre Freundin.

„Weil ich nie weiß, wann ich sie mal gebrauchen kann."

„Du meinst, weil du nie weißt, wann du mal eine erstochene Frau auf einer Parkbank findest?", fragte Babette ungläubig.

„Nein", widersprach Jenny ihr. „Weil ich nie weiß, ob ich mal an einen Tatort gerate, an dem ich keine Spuren verwischen oder Fingerabdrücke hinterlassen möchte. Das bereitet der Polizei nur unnötige Mehrarbeit."

„Klingt so, als würde so was alle zwei Wochen vorkommen“, meinte Babette irritiert.

„Mehr zweieinhalb Monate“, antwortete Jenny, nahm ihr Handy wieder an sich und beugte sich vor, um die Tote genauer zu betrachten. „Hmm, andere Verletzungen wurden ihr anscheinend nicht zugefügt.“ Vorsichtig drehte sie die Hände der Frau ein wenig zur Seite, damit sie die Handflächen sehen konnte. „Keine Schnittverletzungen an den Händen. Also hat sie sich nicht gewehrt, und der Angreifer hat nur diesen einen Versuch gebraucht, um sie töten“, murmelte sie.

„Zweieinhalb Monate? Was soll das bedeuten?“, wollte Babette wissen. „Du sprichst in Rätseln.“

„Na ja, ungefähr so lange ist es her, dass ich am Deich zum ersten Mal auf ein Mordopfer gestoßen bin“, sagte Jenny. „Und dass ich den Fall aufgeklärt habe, zusammen mit Rainer natürlich.“

„Davon weiß ich ja gar nichts.“

„Da warst du auch noch wieder zurück in deiner alten Heimat“, betonte sie. „In den letzten Wochen hattest du mit dem Umzug und mit Weihnachten genug zu tun gehabt, da war keine Zeit, um dir zwischendurch auch die Sache mit dem toten Hotelgast zu erzählen. Die Weihnachtszeit ist nicht so ganz der passende Rahmen, um von Mord und Totschlag vor der eigenen Haustür zu erzählen.“

„Stimmt auch wieder“, musste Babette ihr beipflichten. „Und dein Toter war auch noch Hotelgast? Also Hotelgast gewesen, bevor er umgebracht wurde, meine ich“, fügte Babette rasch an, da der Satz in ihren eigenen Ohren irgendwie missverständlich klang. „In welchem Zimmer hat er denn sein Leben ausgehaucht?

Kannst du das noch vermieten? Oder kannst du es jetzt erst recht vermieten? Als das Mordzimmer?"

Jenny verdrehte die Augen. „Ich sagte doch, dass ich den Toten *am Deich* entdeckt hatte."

Babette dachte kurz nach. „Oh, stimmt ja. Also, was war da los?"

„Das erzähle ich dir später", sagte Jenny, „wenn jede von uns ihre Tasse heißen Tee mit Rum vor sich hat."

„Das will ich hoffen. Nicht dass ich warten muss, bis der Roman zum Mord erscheint", gab Babette zurück

„Keine Sorge, du bist bald auf dem Laufenden", sagte Jenny beiläufig, dann hielt sie ihr Smartphone auf Höhe der Knie der Toten. „Der Blitz geht gleich los", warnte sie ihre Freundin. „Mach lieber die Augen zu oder dreh dich weg."

„Ich werde die Augen zumachen *und* mich wegdrehen", sagte sie. „Aber anschließend verrätst du mir, wieso um alles in der Welt du ein Foto von einer Toten machen musst. Oder will ich das vielleicht gar nicht wissen?"

„Schon erledigt, du kannst dich wieder zu mir umdrehen, Babette." Sie rief das soeben geschossene Foto auf und betrachtete es. „Ich habe das Foto gemacht, weil ich wissen will, ob mir die Tote bekannt vorkommt. Ich wollte aber nicht ihren Kopf dafür anheben, um möglichst nichts zu verändern." Sie verzog den Mund und schüttelte den Kopf. „Das Gesicht sagt mir nichts. Sie kann nicht hier aus Zuiderdijk sein. Und Gast in der Pension ist sie auch nicht. Also weitersuchen." Wieder gab sie ihr Telefon an Babette weiter, weil sie beide Hände frei haben musste. Dann begann sie die Taschen der dicken karierten Jacke zu durchsuchen, soweit das möglich war, ohne die Position des Opfers zu verändern. Daher konnte sie auch nicht auf der rechten Innenseite der Jacke nach einer Tasche tasten, da das Messer ihr dabei im Weg war. Von außen schien es so, als würde sich in dieser Innentasche ein Smartphone befinden, an das sie aber nicht herankam. In der rechten Seitentasche fand sie einen Wagenschlüssel, den sie gleich zurücksteckte, in der linken stieß sie auf eine Brieftasche.

„Dann wollen wir doch mal sehen, ob wir erfahren, wer du bist", murmelte sie, klappte im Schein der Taschenlampe die Brieftasche auf, warf einen Blick ins Geldfach und zählte die Scheine. „Vierhundertdreißig Euro", murmelte sie. „Also kein Raubmord." Dann entdeckte sie den Personalausweis, bei dessen Anblick sie verdutzt die Augenbrauen hochzog.

„Was ist los? Hast du einen Geist gesehen?", fragte Babette, als sie diese Reaktion ihrer Freundin bemerkte.

„Keinen Geist, aber etwas ... Seltsames", antwortete Jenny leise. „Diese Frau heißt Marie Velsinga, und Velsinga heißt auch ein Gast in der Pension. Victor Velsinga."

„Sie heißt Velsinga und du hast einen Velsinga in deiner Pension? Da kann doch was nicht stimmen", erklärte Babette.

„Das Gefühl habe ich auch", murmelte Jenny, fotografierte den Ausweis von beiden Seiten und schob ihn zurück in die Brieftasche, die sie dann wieder in die Jackentasche steckte. Als sie sich ein weiteres Mal den Regen aus dem Gesicht wischen musste, sagte sie zu ihrer Freundin: „Komm, wir stellen uns an der Seitentür zur Kirche unter, da sind wir vor dem Regen geschützt."

„Das wird diese Commissaris sicher freuen, wenn sie hier eintrifft und von dir erfährt, wo sie den Mann der Toten finden kann“, meinte Babette, nachdem sie die Kapuze nach hinten gezogen und ihre Haare ausgeschüttelt hatte. Jenny tat es ihr nach und fuhr sich durch ihre Locken. „Vielleicht legt er ja auch sofort ein Geständnis ab, und sie kann ihn gleich mit auf die Wache nehmen. Dann bist du die große Heldin, weil du einen Mörder überführt hast.“

Jenny seufzte leise. „Und genau deshalb werde ich der Polizei nichts davon sagen, jedenfalls nicht sofort.“

„Waaas? Aber das ist doch wichtig. Sonst entkommt ihr Mörder und ...“

„Woher willst du wissen, dass er ihr Mörder ist?“, unterbrach Jenny sie. „Und woher willst du wissen, dass er überhaupt ihr Ehemann ist?“

„Das liegt ja nun nahe“, beharrte ihre Freundin. „Zwei Velsingas in einem Ort, das muss ein Ehepaar sein.“

Jenny hob eine Hand, um Babettes Redefluss zu stoppen. „Das sind Vermutungen, Babette. Ich kann nicht einfach behaupten, dass ihr Ehemann der Mörder ist und dass er bei mir in der Pension einquartiert ist, wo die Polizei ihn sofort abholen kann. Vielleicht kennen sich die beiden gar nicht und ...“

„Aber sie heißen doch gleich“, versuchte Babette die Diskussion für sich zu entscheiden.

„Ich gebe zu, ich weiß nicht, wie viele Einwohner in den Niederlanden Velsinga heißen“, hielt Jenny dagegen. „Bestimmt nicht Hunderte, aber ein paar Dutzend genügen doch schon, um sagen zu können, dass die beiden nicht zwangsläufig Ehepartner sein müssen.“

Babette verzog ein wenig missmutig den Mund.

„Angenommen, sie sind gar nicht verwandt und sie sind sich auch noch nie begegnet“, fuhr Jenny fort. „Hast du eine Vorstellung davon, wie sich mein Hotelgast fühlen muss, wenn die Polizei ihn einfach mitnimmt und ihm den Mord an dieser Frau anhängt, nur weil ich etwas behauptet habe, was gar nicht stimmt? Wenn er diese Nacht durchgeschlafen hat, dann kann er kein Alibi vorweisen, weil ihn niemand die ganze Zeit beobachtet hat. Dann kann man ihm unterstellen, dass er diese Frau umgebracht hat, und er kann das Gegenteil nicht beweisen.“ Wieder schüttelte sie den Kopf und schaute ernst drein. „Und wir wissen nicht, wie mein Gast auf so etwas reagiert. Unter Umständen regt er sich so auf, dass er einen Schlag bekommt und tot umfällt. Ich will kein Leben auf dem Gewissen haben, nur weil ich eine voreilige Vermutung geäußert habe.“

„Oh Mann, an so was würde ich nie im Leben denken“, murmelte Babette erschrocken.

„Beim nächsten Mal schon“, versicherte ihr Jenny.

„Beim nächsten Mal?“ Ihre Freundin riss ungläubig die Augen auf. „Wird in diesem Dorf etwa ständig gemordet? Ich hatte gedacht, dass Zuiderdijk ein friedliches, verschlafenes Dorf ist, in dem ich die Haustür offen stehen lassen kann, wenn ich morgens zum Bäcker gehe.“ Als Jenny eine Augenbraue hochzog, um zu verstehen zu geben, dass sie ihr die Äußerung nicht abkaufte, hob Babette flüchtig die Hände. „Ja, schon gut, so war das nicht gemeint. Mir würde meine Hausratversicherung ja schon was anderes erzählen, wenn ich so leichtsinnig wäre. Aber ich dachte, Mord und Totschlag wären hier kein Thema.“

„Solche Vorfälle wie vor zwei oder drei Monaten und so was wie das hier sind ja nicht an der Tagesordnung", beschwichtigte Jenny sie. „Hier geschieht nicht zweimal pro Woche ein Mord. Dass jetzt wieder etwas vorgefallen ist, ist ein unglücklicher Zufall, besonders für diese Frau. Deshalb gibt es nicht zwangsläufig in zwei oder drei Monaten schon wieder ein Mordopfer zu beklagen." Nach einer kurzen Pause fügte sie hinzu: „Das nächste Verbrechen darf noch sehr lange auf sich warten lassen."

„Ich wette, das Gleiche hast du nach dem ersten Mord auch schon gesagt, wie?"

Jenny nickte. „Ja, habe ich. Allerdings ist das schon eine ... wie soll ich sagen ... eine interessante Erfahrung gewesen, wenn man selbst einem Mörder auf die Schliche kommt und wenn es einem dann auch noch gelingt, ihn zu überführen."

„Nervenkitzel?", fragte Babette.

„Ein bisschen", räumte sie ein. „Aber das lag auch daran, dass wir den Täter provozieren mussten und keiner sagen konnte, ob er so reagiert, wie es nötig war, um ihn zu überführen."

„Aber er hat so reagiert?"

Jenny lächelte zufrieden. „O ja. Er ist sozusagen mit Vollgas in die Falle gefahren und hat viel zu spät gebremst." Sie sah auf die Uhr, als ihre Freundin ausgiebig gähnte. „Hör mal, Babette, du kannst ruhig nach Hause gehen und dich noch eine Weile schlafen legen. Ich komme hier allein zurecht. Ich muss ja nur warten, bis Commissaris Ruijters eintrifft, dann übernimmt sie hier sowieso die Regie und ich habe weiter nichts zu tun."

„Von wegen", widersprach Babette sofort energisch. „Auf gar keinen Fall werde ich nach Hause gehen. Meinst du, ich lasse dich hier in der Dunkelheit mit einer Leiche zurück?"

„Was soll denn schon passieren? Mevrouw Velsinga wird ganz sicher nicht von den Toten auferstehen."

„Das vielleicht nicht, Jenny, aber stell dir vor, der Mörder kommt zurück, weil ihm eingefallen ist, dass sein Messer irgendeine Gravur hat und man die Tatwaffe zu ihm zurückverfolgen kann", argumentierte sie. „Wenn der dich hier entdeckt, bist du geliefert."

„Aber wenn er mich nicht sieht und ich ihn beobachten und verfolgen kann, kommen wir dahinter, wer der Täter ist", hielt Jenny dagegen.

„Dann verfolgen wir ihn eben zusammen", entschied Babette, lehnte sich gegen die massive Holztür und verschränkte die Arme vor der Brust.

„Du musst dir aber um mich keine Sorgen machen", erklärte sie. „Ich habe nach dem ersten Mordfall einen Selbstverteidigungskurs gemacht, ich kann mich zur Wehr setzen."

„Das mag ja sein. So einen Kurs habe ich auch mal gemacht, und ich fand den auch gut", gab Babette zu. „Ich weiß nur nicht, ob ich wirklich noch daran denke, was ich wie tun muss, wenn völlig unvorbereitet der Ernstfall eintritt. Und wenn Mevrouw Velsingas Mörder nicht nur mit dem Messer tötet, sondern auch noch eine Pistole in der Tasche hat, dann hilft dir der beste Selbstverteidigungskurs nichts. Dann musst du schon wie Keanu Reeves in Matrix in der Lage sein, einer abgeschossenen Kugel ganz lässig auszuweichen." Sie legte den Kopf schräg und sah Jenny an. „Ich nehme nicht an, dass du das kannst, oder?"

„Ich hab's noch nie ausprobiert", gab Jenny mit einem Augenzwinkern zurück, wurde aber gleich darauf wieder ernst. „Okay, wenn du bleiben willst, dann ... danke. Es fühlt sich ein Stück sicherer an, das muss ich schon sagen. Allerdings glaube ich nicht, dass der Mörder noch mal herkommt, weil sein Messer ihn verraten könnte. Er hat nicht willkürlich ein Messer gegriffen und auf Mevrouw Velsinga eingestochen, sondern sich wohl mit ihr hier verabredet und sie erstochen, so wie er es geplant hatte."

„Meinst du, die haben sich verabredet?"

„Ganz sicher haben sie das", erwiderte Jenny überzeugt. „Sie hätte bestimmt noch irgendwelche anderen Schnittverletzungen, wenn der Killer sie da vorn auf dem Platz gepackt und mit sich hierhergeschleift hätte. Es kann natürlich auch so abgelaufen sein, dass er sie woanders niedergeschlagen und hergebracht hat, um ihr das Messer ins Herz zu jagen, nachdem er sie auf die Bank gesetzt hat. Es kann sich auch komplett anders abgespielt haben, aber mein Gefühl sagt mir, dass sie sich gegenüberstanden und er zugestochen hat, bevor sie wusste, wie ihr geschah."

„Wirst du das der Polizei sagen?", fragte Babette interessiert.

„Ganz sicher nicht", antwortete Jenny kopfschüttelnd. „Auch wenn ich mich mit Commissaris Ruijters mittlerweile gut verstehe ... Ich meine, sie ist bei meinem ersten Fall tatsächlich auf meinen Plan eingegangen, wie wir den Täter aus der Reserve locken können.

Das hätte sie ein paar Tage davor ganz sicher nicht gemacht.“ Sie zuckte mit den Schultern. „Du musst dir vorstellen, dass mir diese Polizistin bei meinem ersten Toten Vorhaltungen gemacht hat, weil ich einfach die Lage des Opfers verändert hatte, obwohl ich nur feststellen wollte, ob der Mann vielleicht noch lebt. Wäre es nach ihr gegangen, hätten wir eine Stunde lang neben dem Opfer stehen sollen, um auf die Polizei zu warten, obwohl man ihm unter Umständen noch das Leben hätte retten können.“

„Das ist ja unmöglich“, entgegnete Babette empört. „Hätte der Mann noch gelebt, dann wäre das doch unterlassene Hilfeleistung gewesen!“

„So in etwa habe ich ihr das auch gesagt, und sie hat später eingeräumt, dass wir uns eigentlich nicht verkehrt verhalten haben. Es hatte ihr nur nicht gefallen, dass jemand Polizei gespielt hatte, weil Amateure wohl dazu neigen, wichtige Spuren zu verwischen oder bestimmte Beweise unbrauchbar zu machen.“

„Ah, deshalb deine Einweghandschuhe“, sagte Babette und nickte verstehend.

Jennys Telefon klingelte, auf dem Display war der Name der Polizistin zu sehen. „Ja, Ilse?“, meldete sie sich und lauschte. „Okay, danke, bis gleich“, sagte sie und steckte das Handy weg. „In ungefähr einer halben Stunde wird unsere liebe Commissaris zusammen mit der Spurensicherung und der Rechtsmedizinerin hier eintreffen.“

„Halbe Stunde?“, wiederholte Babette. „Das geht ja noch.“

„Zeit genug, um dir zu erzählen, was bei meinem ersten Mordfall alles passiert ist“, schlug Jenny vor.

„Die Abenteuer der Miss Marple von Zeeland, Teil eins“, sagte ihre Freundin. „Ich bin ganz Ohr …“

Um Punkt Viertel vor acht hörte es so plötzlich auf zu regnen, als hätte jemand einen Wasserhahn zugedreht. Jenny und Babette schlenderten daraufhin zurück zu der Stelle, wo Jenny durch den Blitz auf die Tote aufmerksam geworden war. Wie auf ein geheimes Zeichen bogen im nächsten Augenblick von der Grote Straat kommend drei Fahrzeuge in die Fußgängerzone ein. Im ersten Wagen, einem BMW Coupé, saß Commissaris Ilse Ruijters, die offenbar mit ihrem Privatwagen hergekommen war. Ihr folgten zwei Transporter, von denen einer der Spurensicherung gehören musste, während der zweite sehr wahrscheinlich der Leichenwagen war.

„Guten Morgen, Ilse“, begrüßte Jenny die Polizistin, als die neben ihr anhielt, und zeigte auf den Weg neben der Kirche. „Die Tote sitzt hinten auf der letzten Bank.“

„Morgen, Jenny“, erwiderte sie und warf einen Blick in den immer noch in Dunkelheit getauchten Bereich. „Können wir da reinfahren?“

„Bis zum mutmaßlichen Tatort“, bestätigte Jenny. „Da ist Platz genug für alle Wagen. Fahren Sie durch, wir kommen hinterher.“

Die Polizistin nickte, gab den zwei Transportern hinter ihr ein Zeichen und bog in den Weg ein. Nachdem alle drei Wagen an ihnen vorbeigefahren waren, folgten Jenny und Babette der Kolonne, blieben aber auf Höhe des Leichenwagens stehen. Die Männer und Frauen, die mit der Commissaris hergekommen waren, bauten routiniert mehrere Scheinwerfer auf, um die Tote und ihre Umgebung umfassend auszuleuchten.

Zudem wurde ein Sichtschutz aufgebaut, um Schaulustige davon abzuhalten, sich dem Tatort zu nähern und womöglich auch noch Fotos zu machen.

Blitze zuckten, als eine Frau in einem Schutzanzug mit einer Kamera um die Tote herumging und sie von allen Seiten und aus allen erdenklichen Winkeln fotografierte. Nach ein paar Minuten kam die Polizistin zu ihnen, wobei Jenny sie fast nicht wiedererkannt hätte. Ihre dunkelbraunen Haare trug sie jetzt offen, aber nicht zu einem straffen Pferdeschwanz zusammengebunden, und anstelle eines Jacketts und einer Anzughose trug sie Jeans, Stiefel und eine gefütterte Stoffjacke.

„Hatte ich Ihnen nicht verboten, Mordopfer zu finden?", fragte Ilse ironisch, als sie erst Jenny und dann Babette die Hand gab.

„Nein, daran könnte ich mich erinnern", gab Jenny zurück und machte sie mit ihrer Freundin bekannt.

„Haben Sie irgendetwas beobachtet?", wollte die Polizistin wissen. „Irgendwelche Personen, die schnell weggelaufen sind?"

Jenny schüttelte den Kopf. „Nein, aber dafür waren wir sehr wahrscheinlich auch zu spät dran. Wenn ich mich nicht irre, ist das Blut zumindest an einigen Stellen schon getrocknet gewesen, als wir sie gefunden haben. Wer immer das getan hat, ist bestimmt schon seit Stunden irgendwo, wo man ihn nicht mit der Tat in Verbindung bringen kann."

Ilse zog eine Augenbraue hoch und nickte. „An Ihrer Beobachtungsgabe gibt es wieder mal nichts auszusetzen. Sie haben die Tote so gefunden, wie sie da sitzt?"

„Glücklicherweise konnte ich in der Position, in der sie da sitzt, nach ihrem Puls tasten“, sagte Jenny und bestätigte: „Wir haben sie exakt so vorgefunden.“ Sie beschrieb ihr auch noch, wie sie durch den Blitz auf das Mordopfer aufmerksam geworden war, da sie der Polizistin ansehen konnte, dass die in Anbetracht des stockfinsteren Abschnitts genau danach als Nächstes fragen würde. „Damit Sie nicht denken, ich jogge mit Nachtsichtgerät oder so“, fügte sie mit dem Anflug eines Grinsens hinzu, da mehr der Situation nicht angemessen gewesen wäre.

„Okay, dann erst mal danke, dass Sie mich direkt angerufen haben“, sagte Ilse und musste gähnen. „Auch wenn ich lieber noch ein oder zwei Stunden länger im Bett geblieben wäre.“

„Wird sich der diensthabende Kollege nicht beschweren, dass Sie ihm einfach einen Fall abgenommen haben?“, wollte Babette wissen.

Ilse winkte ab. „Der muss sich gerade um einen Kunstraub im großen Stil kümmern und ist froh, dass ich eingesprungen bin“, erklärte sie. „Außerdem wissen auch meine Vorgesetzten Bescheid, dass Jenny in meine Zuständigkeit fällt. Ich wäre also in jedem Fall angerufen worden.“

„Dann muss ich ja kein ganz so schlechtes Gewissen haben“, meinte Jenny.

„Ich melde mich später noch bei Ihnen wegen der Aussage zum Fund der Toten“, sagte die Polizistin an Jenny gewandt, dann sah sie Babette an. „Ich nehme an, Sie kann ich über Jenny erreichen?“

„Ja, ich laufe auch nicht weg“, antwortete Babette. „Ich bin ja erst im Dezember nach Zuiderdijk gezogen und habe vor zu bleiben.“

Ilse nickte zufrieden und verabschiedete sich, da sie sich um den offensichtlichen Mordfall kümmern musste. Jenny und Babette machten sich auf den Weg zurück zur Pension, weil Letztere keine Lust hatte, in der Dunkelheit zu sich nach Hause zu gehen. Am östlichen Horizont regten sich zwar erste Anzeichen für den beginnenden neuen Tag, aber es war immer noch düster genug, um von dem Messerstecher angefallen zu werden, der die Frau an der Kirche auf dem Gewissen hatte.

„Ich habe euch doch gewarnt, dass Joggen gefährlich ist“, sagte Rainer, nachdem Jenny und ihre Freundin in die Pension zurückgekehrt waren. Als Erstes hatte Jenny heiß geduscht, weil es ihr vom Herumstehen an der Kirche letztlich doch zu kalt geworden war. Anschließend hatte auch Babette von dem Angebot Gebrauch gemacht und sich von Jenny eine Jeans und ein Sweatshirt geborgt, die beide angesichts ihrer zierlichen Statur natürlich viel zu groß waren. Jenny war danach zielstrebig in die Küche gegangen und einige Minuten später mit zwei Tassen kochend heißem Tee zurückgekehrt, den sie zu ihrem Privattisch in die hinterste Ecke des Speisesaals gebracht hatte. Der war um diese Zeit noch verwaist, da aktuell nur etwas mehr als die Hälfte aller Zimmer vermietet war, und davon nur drei an Touristen, die am Sonntag offenbar noch ausschlafen wollten. Die übrigen belegten Zimmer waren von einem Bauunternehmen gemietet worden, das in der Nähe auf einer Großbaustelle tätig war und Arbeiter aus aller Welt beschäftigte, die alle zwei bis drei Wochen an ihrem einzigen arbeitsfreien Tag auf andere Großbaustellen „umgesiedelt“ wurden. Jenny hatte ein paar Mal versucht, hinter den Sinn dieser ständigen Wechsel zu kommen, war aber bei den Arbeitern regelmäßig an der Sprachbarriere gescheitert. Sie vermutete, dass die Arbeitgeber damit irgendwelche arbeitsrechtlichen Vorschriften umgehen konnten, die erst bei längerer Beschäftigung gegriffen hätten. Illegal konnte das Ganze aber wohl nicht sein, da sie Ilse gebeten hatte, ihre Kollegen vom Fach zu fragen, ob sie selbst sich Ärger einhandelte, wenn sie nur zusah und nichts unternahm. Immerhin hatte sie schwarz auf weiß in einer E-Mail die Mitteilung erhalten, dass sie sich in keiner Weise schuldig machte.

Rainer saß bereits da und frühstückte, gleich neben dem Teller lag sein Tablet, auf dem er sich irgendwelche Filmausschnitte ansah.

„Wir leben aber doch noch“, wandte Jenny ein.

„Ihr ja“, erwiderte er. „Aber der Spruch sagt auch nichts darüber aus, für wen das Joggen gefährlich ist. Das können auch Radfahrer und Autofahrer sein, die einem tollwütigen Jogger ausweichen müssen und im Graben oder an einem Baum enden.“

„Okay, das kann ich ja noch verstehen“, sagte Jenny. „Aber diese Frau ist ja nicht erstochen worden, nur weil wir gejoggt haben.“

Rainer verzog das Gesicht auf eine Weise, die „Möglich ist alles“ zu sagen schien. „Vielleicht geht es ja nicht mal darum, dass ihr joggen wart. Vielleicht hat diese

Frau das gemacht, und der Mann hatte die Nase voll und hat ihrem Treiben ein Ende gesetzt."

Jenny verdrehte die Augen. „Man merkt, dass du jahrelang in der Traumfabrik gearbeitet hast", sagte sie kopfschüttelnd. „Was siehst du dir da eigentlich an?"

„Testaufnahmen für ein neues Projekt", sagte er. „Meine Söhne wollen wissen, ob ich damit einverstanden bin oder ob ich Verbesserungsvorschläge habe."

„Und? Bist du? Hast du?", fragte sie.

„Ja und ja. Sie haben bei mir gut aufgepasst und verstehen ihr Handwerk, und Verbesserungsvorschläge gibt es immer. Die Frage ist nur, ob das Budget eine Umsetzung solcher Vorschläge erlaubt." Wieder sah er auf das Tablet und nickte zufrieden. „Aber jetzt mal zu euch und eurem netten Fund. Hat die Polizei schon eine Ahnung, wer das Opfer ist?"

„Ach, verdammt!", rief Jenny, anstatt zu antworten, griff nach ihrem Smartphone und stand auf.

„Was hat sie denn?", wunderte sich Rainer, der ihr hinterhersah, wie sie zum Empfang ging und dort am Computer etwas eingab.

„Sie will wissen, ob sich ein Mörder bei ihr einquartiert hat", sagte Babette in verschwörerischem Tonfall.

„Nein!", schallte im nächsten Moment Jennys Stimme durch den Speisesaal.

Als Rainer fragend eine Augenbraue hochzog, meinte Babette: „Sieht so aus, als wäre ein Mörder im Haus."

Jenny schaute finster drein, als sie vom Empfang an den Tisch zurückkehrte.

„Und?", fragte ihre Freundin.

„Die Adresse ist identisch", murmelte Jenny mürrisch. „Das muss seine Frau sein."

„Wer muss wessen Frau sein?“, wollte Rainer wissen. „Ich kann dir nicht folgen.“

„Oh, tut mir leid“, sagte Jenny. „Die Tote heißt Marie Velsinga, und einer meiner Gäste heißt Victor Velsinga. Die Adresse ist identisch, also kann man wohl davon ausgehen, dass es sich um seine Frau handelt.“

„Und er ist der Mörder?“

Jenny sah ihn entgeistert an. „Was? Wie kommst du denn jetzt darauf?“

„Babette hat gesagt, dass ...“

„Babette!“, fauchte sie ihre Freundin an. „Du kannst doch so was nicht erzählen, wenn du überhaupt nicht weißt, ob das stimmt!“

„So ernst habe ich das ja gar nicht gemeint“, versuchte Babette sich zu verteidigen.

„Immerhin klang es ernst genug, dass Rainer es für bare Münze genommen hat“, betonte Jenny. „Hör unbedingt auf, solche Bemerkungen oder Andeutungen zu machen. Das führt nur zu noch mehr Problemen, und ich weiß nicht mal, wie ich das vorrangigste Problem lösen soll.“

„Welches Problem ist das?“, erkundigte sich Rainer. „Vielleicht kann ich dir ja dabei helfen oder dir wenigstens einen Tipp geben.“

„Dann gib mir mal einen Tipp“, entgegnete sie frustriert seufzend, „wie ich Velsinga beibringen soll, dass seine Frau tot ist.“

„*Meine Frau ist tot?*“, ertönte in der nächsten Sekunde eine entsetzte Stimme hinter Jenny.

3. Kapitel

Jenny fuhr erschrocken herum, als sie die Stimme hinter sich hörte, und sah Victor Velsinga in der Tür zum Notausgang stehen. Der Mittfünfziger mit dem grauen Haarkranz und dem schmalen grauen Schnauzbart stand mit aufgerissenen Augen da und hatte den Mund ein Stück weit geöffnet, als hätte er vergessen, was er sagen wollte.

„Meneer Velsinga?", fragte Jenny irritiert. „Wo kommen Sie denn her? Wieso benutzen Sie das Nottreppenhaus?"

Velsinga sah sie an, als hätte sie in einer fremden Sprache auf ihn eingeredet. „Ich ... Das Treppenhaus?", stammelte er. „Oh, das ist ganz einfach. Einer Ihrer Damen, die die Zimmer machen, ist auf der Treppe ein Missgeschick passiert. Ich weiß nicht, wie und was, auf jeden Fall ist der Staubsauger aufgegangen und der volle Beutel ist herausgerutscht. Dadurch ist die halbe Treppe blockiert, und sie hat mich gebeten, durch den Notausgang nach unten zu gehen."

„Oh", machte Jenny. „Das erklärt natürlich, wieso Sie durch diese Tür hereinkommen."

„Ja", sagte er leise. „Aber es erklärt nicht Ihre Frage, wie Sie mir beibringen sollen, dass meine Frau tot ist."

Er musterte sie eindringlich. „Ist das irgendein schlechter Scherz? Oder ein Streich, den Sie Gästen spielen, weil Sie sie loswerden wollen?"

„Nein, nein, nein, Meneer Velsinga", beteuerte sie. „Das ist kein Streich, auch kein schlechter Scherz. Es ist ... Würden Sie sich zu uns an den Tisch setzen? Dann kann ich Ihnen alles erklären ... zumindest das, was wir wissen."

„Dann ... ist das wahr?", fragte er mit leiser Stimme.

„Das werden Sie uns sagen müssen", erwiderte sie, fasste ihn am Arm und führte ihn zu dem freien Stuhl neben Babette. Bei der Gelegenheit warf sie ihrer Freundin vorsorglich einen warnenden Blick zu. Dass der bei ihr richtig angekommen war, sah sie, als Babette kurz die Augen verdrehte. Sie ließ ein dankbares Lächeln folgen und setzte sich wieder hin. Dann griff sie nach ihrem Smartphone und suchte das Foto von Marie Velsingas Ausweis heraus.

„Ist das Ihre Frau?", wollte sie wissen.

Velsinga betrachtete das Foto und nickte bedächtig. „Das ist sie, aber ... ich ... ich verstehe nicht, was das alles soll. Woher wissen Sie das? Woher haben Sie das Foto? Wer hat Ihnen den Ausweis gezeigt? Und ... was ist meiner Frau überhaupt zugestoßen?"

„Sind Sie herzkrank, Meneer Velsinga?", warf Rainer ein, bevor Jenny antworten konnte.

„Nein", antwortete der Mann. „Wieso fragen Sie?"

„Kreislaufprobleme?"

Velsinga schüttelte den Kopf.

„Danke", raunte Jenny ihm zu. „Meneer Trompeter wollte das nur wissen, weil der Tod Ihrer Frau ... Nun, wie soll ich sagen ... Es ist nicht unbedingt für ein schwaches Herz geeignet."

Der Mann zog die Augenbrauen hoch und atmete tief durch. „Sagen Sie es bitte, damit ich es weiß, Mevrouw van Oosterburg."

Jenny nickte. „Gut ... Offenbar wurde Ihre Frau erstochen."

„Von wem?", fragte er prompt.

„Das wissen wir nicht", sagte sie. „Meine Freundin und ich sind heute früh aufgebrochen, um zu joggen, und dabei sind wir quer durch Zuiderdijk gelaufen und an der Kirche vorbeigekommen. Da tobte gerade das Unwetter, und durch einen Blitz sind wir auf eine Person aufmerksam geworden, die neben der Kirche in völliger Dunkelheit auf einer Bank saß. Wir haben nach ihr gesehen und festgestellt, dass dort eine Frau saß, der man ein Messer in die Brust gerammt hatte. Sie war bereits tot, als wir sie entdeckt hatten. Wir haben sofort die Polizei benachrichtigt und dann auf deren Eintreffen gewartet. Weil ich wissen wollte, ob es jemand hier aus dem Dorf ist, habe ich nach den Papieren gesucht und dabei diesen Ausweis gefunden."

Sie ließ eine längere Pause folgen, weil sie den Mann beobachten wollte – zum einen, ob er irgendwelche Anzeichen dafür zeigte, dass er jeden Moment umfallen könnte; zum anderen, ob irgendetwas an seinem Verhalten dafür sprach, dass er in diesen brutalen Mord verstrickt war. Weder das eine noch das andere war ihm anzusehen. Vielmehr schien er darauf zu warten, dass sie weitere Details berichtete.

„Und was sagt die Polizei?", wollte er wissen.

„Das weiß ich nicht, weil wir der zuständigen Polizistin erklärt haben, wie wir auf die Tote aufmerksam geworden sind“, sagte Jenny. „Wir sind dann gegangen, um die Polizei ihre Arbeit erledigen zu lassen. Ich weiß auch nicht“, fügte sie hinzu, „ob und was uns die Polizei noch sagen wird oder sagen kann.“ Sie vermied es zu erwähnen, dass sie durchaus davon ausging, von Ilse auf dem Laufenden gehalten zu werden, aber das musste Velsinga nicht wissen. Jedenfalls jetzt noch nicht.

„Ist die Polizei noch da, wo meine Frau gefunden wurde?“, fragte er.

Jenny konnte nur mit den Schultern zucken. „Das ist schwer zu sagen. Wenn es nur wenige Spuren zu sichern gibt, könnten sich jetzt schon alle auf den Weg gemacht haben. Warum wollen Sie das wissen?“

„Weil ich mit der Polizei reden muss“, sagte er. „Ich muss sie etwas wissen lassen, das für die Ermittlungen wichtig ist ... oder wichtig sein dürfte.“

„Und das wäre?“, fragte Rainer.

Velsinga atmete zweimal tief durch, ehe er sich ein Herz fasste und mit leiser Stimme antwortete: „Meine Frau ist ... war krankhaft eifersüchtig. Sie hat in praktisch jeder zweiten Frau eine Rivalin gesehen und bei jeder Verkäuferin in der Bäckerei, bei jeder Kassiererin im Supermarkt und bei jeder Arzthelferin sofort geglaubt, sie wollten mit mir eine Affäre beginnen, nur weil sie freundlich gelächelt haben. Oder dass sie bereits eine Affäre mit mir hatten und dass das Lächeln ein geheimes Zeichen für die nächste heimliche Verabredung war. Sie könnte mir hierher nach Zuiderdijk gefolgt sein und mich beobachtet haben, wie ich mich mit der jungen Frau in der Bäckerei angeregt unterhalten habe ... was ich tatsächlich gemacht habe, weil sie die Tochter eines ehemaligen Kollegen ist und ich sie schon mal im Büro gesehen habe, wenn sie ihn auf der Arbeit besucht hat ... Deshalb dürfte sich das Ganze anders abgespielt haben, als Sie es glauben. Und so wie die Polizei es glauben wird."

„Und wie soll es abgelaufen sein?", wollte Jenny wissen.

„Ich halte es für wahrscheinlich, dass meine Frau das Messer bei sich trug", antwortete er mit verkniffener Miene. „Vielleicht hat sie der Verkäuferin aus der Bäckerei aufgelauert, vielleicht auch einer anderen Frau, und dann hat sie sie mit dem Messer einschüchtern wollen, damit diese Frau endlich ihre Finger von mir lässt ... obwohl ihre Finger mich nie berührt haben und auch nie diese Absicht bestand. Es ist sogar wahrscheinlich, dass die bedrohte Frau sich gar nicht mehr an mich erinnern konnte, weil ich einer von ein paar Dutzend Kunden in ihrem Geschäft war."

Jenny, Rainer und Babette sahen ihn abwartend an, dass er erklärte, was genau er sagen wollte.

Velsinga blinzelte einmal kurz. „Verstehen Sie, was ich meine? Die andere Frau könnte versucht haben, ihr das Messer zu entreißen, und dabei wurde meine Frau erstochen. Die vermeintliche Angreiferin hat sich womöglich lediglich selbst verteidigt und dabei hat sie ihr ungewollt die Klinge in den Leib gestoßen. In Panik ist sie dann weggelaufen, und als Sie später vorbeikamen, da sah es für Sie so aus, als wäre meine Frau das Opfer."

„Krankhafte Eifersucht?“, wiederholte Jenny nachdenklich, wobei ihr bewusst war, dass diese Behauptung nur schwer zu belegen oder zu widerlegen war, wenn es keine ...

„Meine Frau war kurzzeitig wegen ihrer Eifersucht in Therapie“, sagte er, als würde er auf ihren unausgesprochenen Gedanken reagieren.

„Nur kurzzeitig?“, fragte sie.

„Ja, sie hat die Therapie nach drei Wochen abgebrochen, weil sie der Meinung war, dass ich die Sitzungen nutzen würde, um mich mit anderen Frauen zu treffen“, sagte er in einem verbitterten Tonfall. „Ich bin nicht dahintergekommen, ob dieser Therapeut unfähig war oder ob er einfach kein Interesse daran hatte, sich mit meiner Frau auseinanderzusetzen.“ Nach einer kurzen Pause fügte er hinzu: „Das ist alles bei unserer Krankenversicherung dokumentiert, das kann sich die Polizei ansehen.“ Er schüttelte betrübt den Kopf. „Ich hatte schon seit langer Zeit befürchtet, dass sie früher oder später wegen ihrer ... Besessenheit ins Verderben laufen würde.“

„Wie lange waren Sie mit ihr verheiratet?“, erkundigte sich Babette

„Fast dreißig Jahre. Im nächsten Dezember“, sagte er leise.

„Und wie lange ging das schon mit dieser Eifersucht Ihrer Frau?“, hakte sie nach.

„Eigentlich schon immer“, gab er zu. „Es ist aber mit der Zeit immer schlimmer geworden. Anfangs hat es mich amüsiert, weil sie ja nie mir die Schuld gab, mit anderen Frauen etwas anzufangen. Es war vielmehr so, dass sie glaubte, jede andere Frau sei hinter mir her und wolle mich ihr wegnehmen." Er lächelte flüchtig. „Anfangs fühlte ich mich tatsächlich ein wenig geschmeichelt, weil ich dachte, dass sie mich doch für unglaublich gut aussehend hält, wenn sich jede Frau nach mir verzehrt."

„Haben Sie nie daran gedacht, sich von Ihrer Frau zu trennen?", wollte nun Rainer wissen. „Das muss doch sehr anstrengend gewesen sein."

Velsinga schüttelte den Kopf. „Das mag Ihnen so vorkommen, wenn Sie das erzählt bekommen. Aber in bestimmt neunzig Prozent der Fälle habe ich schon vorher gewusst, dass es gleich wieder losgeht, und dann habe ich sie reden lassen, bis das Thema sich von selbst erledigt hatte. Wenn Sie in der Apotheke stehen und die Verkäuferin packt Ihnen zu den Medikamenten auch noch ein paar Hustenbonbons gratis in die Tüte, dann wissen Sie im selben Moment, dass die Frau an Ihrer Seite sofort eine Bemerkung machen wird, sobald Sie die Apotheke verlassen haben. Darauf kann man sich einstellen und es von sich abprallen lassen."

„Und die restlichen zehn Prozent?", erkundigte sich Jenny. „Was für Situationen waren das?"

„Das sind die Momente, auf die man nicht gefasst ist", sagte er. „Da sitzt man im Kino und sieht sich gemeinsam einen Film an, und plötzlich erinnert eine Szene im Film meine Frau an eine ähnliche Situation, die mich betrifft. Wenn dann die beiden Personen im Film in der nächsten Szene schon gemeinsam im Bett liegen, folgert sie daraus, dass das bei mir genauso gelaufen sein muss, und fängt eine Diskussion an – im vollen Kino, während der Film läuft."

„Nicht sehr angenehm", fand Jenny.

„Erst recht nicht, weil meine Frau mir weiter Vorwürfe und Unterstellungen hinterhergerufen hat, wenn ich demonstrativ aufgestanden bin“, fuhr er fort. „Sie blieb sitzen und schimpfte weiter, während ich draußen vor dem Kino gewartet habe, bis man sie vor die Tür setzt. Das dauerte mal fünf, mal zehn Minuten, aber wenn sie dann rauskam, schimpfte sie über das Personal, das sie rausgeworfen hatte. Der Grund dafür war längst vergessen.“ Er zuckte mit den Schultern. „Aber mit so etwas kann man sich arrangieren, da muss man sich nicht scheiden lassen. Ich liebe meine Frau ...“ Er stutzte. „Kann ich das immer noch so sagen? Dass ich meine Frau liebe ...? Oder muss ich jetzt sagen, dass ich sie geliebt habe? Ich meine, ich liebe sie ja immer noch.“

„Natürlich können Sie das immer noch so sagen“, beruhigte ihn Jenny.

„Ich kann das immer noch nicht fassen“, murmelte Velsinga. „Ist sie wirklich tot? Ich meine ... sind Sie sich da ganz sicher?“

Jenny nickte betrübt. „Das Foto in ihrem Ausweis ist schon ein paar Jahre alt, aber ich bin mir absolut sicher. Diese beiden Muttermale an der linken Wange waren deutlich zu sehen. Sie haben exakt die gleiche Form.“

Velsinga atmete wieder tief durch und schien mit den Tränen zu kämpfen. Er presste die Lippen zusammen und starrte vor sich auf den Tisch. „Dann ... dann werde ich mal rübergehen?“

„Wohin wollen Sie rübergehen?“, fragte Rainer.

„Zur Kirche, um mit der Polizei zu reden“, sagte er. „Falls die noch da ist. Sonst müssen Sie mir bitte sagen, wo ich die zuständige Wache finde. Die Polizei muss das von der Eifersucht meiner Frau wissen, damit sie nicht irgendeine Frau als Mörderin festnimmt, die nur verhindern wollte, dass sie selbst getötet wurde."

„Meneer Velsinga, wo waren Sie heute Nacht?", fragte Jenny abrupt.

Der Mann zuckte bei ihrem energischen Tonfall so zusammen, als hätte sie ihm eine Ohrfeige gegeben. Aber auch Rainer und Babette warfen ihr verständnislose Blicke zu, nachdem sie gerade noch so sanft und freundlich mit Velsinga gesprochen hatte.

„Wie bitte?", gab der ältere Mann verdutzt zurück.

„Ich möchte wissen, wo Sie heute Nacht waren, Meneer Velsinga", wiederholte sie. „Das ist doch eine einfache Frage."

Velsinga kniff die Augen ein wenig zusammen und sah Jenny forschend an, weil er ihren scheinbaren Sinneswandel nicht nachvollziehen konnte. So wie von ihr beabsichtigt, sollte es so klingen, als würde sie ihn für den Mörder seiner Frau halten.

„Waren Sie in Ihrem Zimmer? Oder auf Wanderschaft?"

„Als ob ich nachts auf Wanderschaft gehen würde", erwiderte er verständnislos. „Natürlich war ich in meinem Zimmer."

„Die ganze Nacht?"

„Ja, die ganze Nacht."

„Kann das jemand bezeugen?"

„Ich ... Was?", fragte er irritiert. „Wie soll jemand bezeugen, dass ich in meinem Zimmer war, wenn ich die ganze Nacht allein war. Mevrouw van Oosterburg, ich weiß nicht, was das soll."

„Keine Sorge, Meneer Velsinga", sagte sie beschwichtigend. „Aber das sind die Fragen, die Ihnen die Polizei stellen wird. Wenn Sie der Polizei von der krankhaften Eifersucht Ihrer Frau erzählen und dann auf die Frage, wo Sie letzte Nacht waren, antworten, dass Sie allein und ohne Zeugen in Ihrem Zimmer waren, dann sind Sie sofort der Spitzenkandidat unter den Verdächtigen. Sofern man sich überhaupt noch die Mühe macht, nach weiteren Verdächtigen zu suchen.“

„Aber ich ... ich habe doch nichts getan!“, beharrte er.

„Und das glaube ich Ihnen auch“, beteuerte Jenny. „Ich weiß nicht warum, aber mein Gefühl sagt mir, dass Sie mit dem Tod Ihrer Frau tatsächlich nichts zu tun haben. Nur interessiert sich die Polizei nicht für mein Gefühl. Die Polizei wird sich auch nicht für Ihre Erklärung interessieren, dass Ihre Frau womöglich von einer anderen Frau in Notwehr erstochen wurde. Bei Schusswunden gilt für Ärzte und Krankenhäuser Meldepflicht, aber wenn Ihre Frau dieser anderen Frau vielleicht noch ein oder zwei Schnittwunden zufügen konnte, dann hat sie die in der Küche oder beim Handwerken davongetragen. Vorausgesetzt, sie muss damit überhaupt zum Arzt gehen. Vielleicht reichen ein paar Pflaster oder ein Verband. Und falls nicht, wird dennoch niemand Fragen stellen, und die Frau selbst behält das Erlebte für sich. Vielleicht hat sie etwas anderes zu verbergen und will deshalb nicht zur Polizei gehen. Tja, und dann gibt es niemanden außer Ihnen, der von der Eifersucht seiner Frau so verrückt gemacht worden ist, dass er sie unter einem Vorwand in einen Hinterhalt gelockt und erstochen hat.“

Velsinga ließ sich auf seinem Stuhl nach hinten sinken und sah von einem zum anderen. „Ich habe niemandem ein Haar gekrümmt und bin trotzdem der Hauptverdächtige?", fragte er ungläubig.

„Ich sage nicht, dass es zwangsläufig so kommen muss", erwiderte sie. „Aber wenn Sie sofort zur Polizei gehen, bevor die überhaupt anfängt zu ermitteln, dann könnte das nach hinten losgehen."

„Warten Sie", warf Velsinga ein. „Ich habe von gestern Abend ungefähr Viertel vor zehn bis heute Nacht ein Online-Sprachseminar absolviert. Das waren fünf Lektionen, also fünf Stunden und vielleicht zwanzig oder dreißig Minuten, weil ich nach jeder Lektion ein paar Minuten Pause gemacht habe."

„Ein Online-Sprachseminar?", fragte Babette. „Mitten in der Nacht? Wer unterrichtet denn um diese Zeit irgendwelche Fremdsprachen?"

„Das ist alles computergesteuert", erklärte Velsinga. „Man kann die Lektionen abrufen, wann man möchte, und ich mache das gern nachts, weil es dann völlig ruhig ist. Und auch nur, wenn ich zum Beispiel auf Geschäftsreise bin und weiß, dass meine Frau mich nicht stören kann."

„Sie konnten doch jederzeit unterbrechen, über die Terrasse vor Ihrem Zimmer das Haus verlassen und zum Marktplatz gehen, um den Mord zu begehen", wandte Jenny ein.

„Genau das geht nicht, Mevrouw van Oosterburg", widersprach er. „Wenn man sich eingeloggt hat, läuft die Lektion für eine Stunde, ohne dass es eine Unterbrechung gibt. Sie bekommen Begriffe und Sätze gesagt oder angezeigt, die Sie nachsprechen oder eintippen müssen, und zwar innerhalb der vorgegebenen zwei oder drei Minuten. Außerdem werden immer wieder mal Symbole eingeblendet, die Sie sich merken müssen, weil plötzlich eine Frage zu diesem Symbol gestellt wird. Dabei werden Sie permanent gefilmt, damit sich nicht irgendjemand für Sie ausgibt und die Aufgaben löst. Das alles wird in einem Protokoll festgehalten, das im System gespeichert und jederzeit abgerufen werden kann. Es wird alles dokumentiert. Selbst wenn ich die Wiederholen-Taste drücke, weil ich einen Satz oder eine Frage nicht verstanden habe."

„Klingt ja fast nach Überwachungsstaat", merkte Rainer an und verzog den Mund.

Velsinga nickte flüchtig. „Es klingt vielleicht so, aber jemand wie ich braucht diese ständige Leistungskontrolle, weil ich das ansonsten schleifen lasse und mal fünf Minuten, mal zehn Minuten übe, aber nie zu einem Ergebnis komme. Man kann natürlich auch andere Lektionseinheiten wählen, die kürzer oder länger sind oder die in einer Stunde weniger oder sogar noch mehr Stoff durchnehmen. Aber auch dann wird alles dokumentiert, damit man die Kontrolle über sich selbst besser im Griff hat."

„Welche Sprache lernen Sie?", fragte Jenny.

„Japanisch", antwortete er stolz. „Wir wollen ..." Abrupt verstummte er und sank ein wenig in sich zusammen. „Wir wollten zum dreißigsten Hochzeitstag für drei Wochen nach Japan reisen, aber das hat sich ja jetzt zerschlagen ... Genauso wie der Sprachkurs ...", murmelte Velsinga.

„Das tut mir sehr leid für Sie, Meneer Velsinga", sagte Jenny betreten. „Der einzige schwache Trost ist der, dass Sie durch diesen Kurs ein Alibi haben, das es Ihnen erlauben dürfte, sich doch direkt an die Polizei zu wenden."

„Da wäre ich vorsichtig", warf Rainer hastig ein. „Sie lernen an einem Notebook?"

„Ja."

„Aber auf Tablets läuft das doch auch, oder?"

„Davon würde ich ausgehen", sagte Velsinga. „In der Werbung sieht man die Leute vor einem Laptop und einem Tablet und einem Smartphone sitzen."

„Also könnten Sie an einem Tablet arbeiten, mit dem Tablet das Haus verlassen und sich zum Beispiel zur Kirche begeben, ohne dieses Segment zu unterbrechen", folgerte Rainer.

Velsinga zuckte mit den Schultern. „Das weiß ich nicht, weil ich das noch nie ausprobiert habe. Vermutlich ja. Aber wieso fragen Sie? Wollen Sie mir unterstellen, ich hätte meinen Sprachkurs absolviert und zwischen ‚Bringen Sie mir bitte die Speisekarte' und ‚Wo kann ich eine Fahrkarte kaufen?' ganz nebenbei meine Frau umgebracht?"

„Ich nicht, aber vielleicht die Polizei", sagte Rainer. „Wenn man das Tablet mit dem Laptop verbindet, dürfte es möglich sein, dem System des Anbieters vorzugaukeln, dass Sie am Laptop sitzen, obwohl Sie mit dem Tablet unterwegs sind. Beim Anbieter wird der Laptop dokumentiert, und schon haben Sie ein Alibi, das gar nicht existiert. Anschließend beenden Sie die Verbindung zum Tablett und löschen alle Hinweise darauf, dass sie jemals existiert hat."

Velsinga schüttelte den Kopf. „Mag sein, dass so etwas möglich ist, aber ich bin kein Computerexperte. Ich wüsste nicht, wie man das anstellen sollte."

„Und genau das ist das Problem", fuhr Rainer fort. „Man kann zwar beweisen, dass man etwas kann. Aber man kann nicht beweisen, dass man etwas *nicht* kann."

„Wie meinen Sie das?", fragte Velsinga ein wenig verunsichert.

„Ganz einfach. Wenn Sie behaupten, Sie können jedes Schloss innerhalb von fünfzehn Sekunden knacken, dann müssen Sie das nur vorführen, und schon haben Sie den Beweis angetreten. Aber wenn Sie sagen, Sie wüssten nicht, wie man bei einem Laptop die Passwortabfrage umgehen kann, dann können Sie das nicht beweisen, weil es möglich ist, dass Sie ganz gezielt immer die falschen Tasten drücken, von denen Sie wissen, dass die nichts bewirken", erklärte Rainer. „Die Polizei muss Ihnen also nicht glauben, dass Sie nicht wissen, was zu tun ist, um den Gebrauch eines Laptops vorzutäuschen."

Velsinga seufzte frustriert. „Aber wenn ich doch aus freien Stücken hingehe? Ich müsste doch verrückt sein, den Mord zu begehen, und dann auf der Wache zu erscheinen, als wäre nichts passiert!"

„Das könnte ja Ihre Taktik sein", gab Jenny zu bedenken. „Sie sind sich keiner Schuld bewusst, Sie wollen nur helfen, den Mörder zu finden. Oder denjenigen, der womöglich in Notwehr gehandelt hat."

„Ich mache mich verdächtig, wenn ich mich nicht stelle, und ich mache es auch, wenn ich mich stelle? Wie soll das funktionieren? Ich bin so oder so der Dumme?", fragte Velsinga ungläubig.

„Sie haben ziemlich schlechte Karten, weil zu viel gegen Sie spricht“, sagte Jenny mitfühlend. „Wir bräuchten irgendetwas Konkretes, das wir der Polizei zuspielen können, um sie auf eine andere Spur zu lenken, damit die sich nicht einfach in Sie verbeißt. Als derzeit einziger Verdächtiger wird man Sie mit Sicherheit verhaften. Die einzige Hoffnung, die wir noch hegen können, ist die, dass sich am Griff der Tatwaffe Fingerabdrücke finden, die von einer polizeibekannten Person stammen. Dann wären Sie auf der sicheren Seite.“

„Aber nicht, wenn meine Frau das Messer tatsächlich von zu Hause mitgebracht hat“, wandte er mit leiser Stimme ein. „Dann sind da ganz sicher auch meine Fingerabdrücke drauf.“

„Oh“, machte Jenny und kniff kurz die Augen zusammen.

„Ja, oh“, pflichtete Velsinga ihr bei, dann stand er auf. „Ich wäre jetzt gern eine Weile allein, wenn Sie nichts dagegen haben. Ich muss das alles erst mal verarbeiten. Und dann werde ich überlegen, ob mir irgendjemand einfällt, der einen Grund haben könnte, meine Frau umzubringen.“

Jenny nickte. „Das ist eine gute Idee, Meneer Velsinga. Wir werden in der Zwischenzeit ebenfalls überlegen, ob uns etwas einfällt, damit sich die Polizei nicht nur auf Sie konzentriert.“

Velsinga nickte und wandte sich zum Gehen.

„Wenn Sie etwas brauchen, wenn Sie einen Kaffee oder Tee oder etwas zu essen haben möchten, rufen Sie einfach an, okay?“

„Danke, ich glaube, ich werde auf Ihr Angebot zurückkommen“, sagte er und lächelte schwach. „Ich werde wieder die Nottreppe nehmen, wenn Sie nichts dagegen einzuwenden haben. Ich weiß ja nicht, ob die Haupttreppe wieder freigegeben ist."

„Ja, natürlich", sagte Jenny. „Machen Sie es ruhig so. Ich muss gleich mal nachsehen, was da oben los ist."

Nachdem Velsinga gegangen war, sah Jenny in die Runde. „Und? Was meint ihr?"

„Er kann es gewesen sein, aber er muss es nicht gewesen sein", sagte Babette. „Ich tendiere dazu, dass er seine Frau nicht umgebracht hat, aber ich würde kein Geld darauf verwetten. Na ja, fünfzig Euro würde ich schon verwetten. Die kann ich verschmerzen. Aber keine tausend."

„Rainer?", fragte Jenny.

„Tja, ich weiß auch nicht so recht", antwortete er. „Wenn er vorhatte, seine Frau zu töten, warum halst er sich dann einen Japanisch-Sprachkurs auf? Ich hatte mal bei zwei Filmen mit japanischen Kollegen zu tun, die mir ein paar Japanisch-Grundlagen vermitteln wollten. Bis dahin dachte ich immer, dass ich ein ganz gutes Sprachgefühl besitze, aber Japanisch? Jedes Wort hat sein eigenes Kanji, und wenn da statt zwei Querstrichen drei zu sehen sind, wird aus einem Handschuh ein Butterbrot. Ich kann in den Schriftzeichen kein System erkennen, und wenn ich einen Japaner reden höre, kann ich nicht sagen, wo ein Wort endet und ein anderes anfängt. Wer sich so einen Sprachkurs aussucht, der hat wirklich sehr viel zu lernen, bevor er in Tokio einen Passanten fragen kann, wo die nächste U-Bahn-Station zu finden ist. Eine falsche Silbe und du erzählst dem Passanten in bester Monty-Python-Manier, dass dein Luftkissenfahrzeug voller Aale ist." Er schüttelte den Kopf. „Das halte ich für etwas sehr viel Aufwand, um ein Alibi für den Mord an der eigenen Frau zu bekommen."

„Richtig. Außerdem geht er mit einem Tablet das Risiko ein, unterwegs kein Signal zu haben", ergänzte Jenny. „Wenn das auch dokumentiert wird und nachprüfbar ist, dass das WLAN hier in der Pension gar nicht ausgefallen ist, dann hätte er schnell ein Problem."

„Er hätte noch ein ganz anderes Problem", fügte Rainer an. „Wenn dieser Sprachkurs alles aufzeichnet, dann würde er auch aufzeichnen, wenn seine Frau etwas zu ihm sagt, sobald er am vereinbarten Treffpunkt angekommen ist. Das Programm würde ihre Frage, was dieses Treffen mitten in der Nacht denn soll, als eine falsche Antwort registrieren. Und genauso würde mitgeschnitten werden, wenn sie von der Klinge getroffen wird und noch in der Lage ist, vor Schmerzen aufzuschreien." Er schüttelte den Kopf. „Das wäre alles viel zu riskant, weil er ja selbst den Mord dokumentieren würde."

„Also war er es nicht", folgerte Jenny. „Trotzdem halte ich es im Moment noch für zu riskant, dass er zur Polizei geht. Wenn er das von dem Sprachkurs erwähnt und dann direkt eine Erklärung mitliefert, weshalb er den Kurs nicht auf dem Weg zum Tatort absolvieren konnte, dann klingt das Ganze ja noch konstruierter."

„Und wenn *du* mit Ilse darüber redest?", schlug Babette vor. „Wenn sie so vernünftig ist, wie du sagst, dann sollte es doch möglich sein, ihr das alles darzulegen."

Jenny nickte nachdenklich. „Ja, das wäre eine Möglichkeit“, stimmte sie ihr zu. „Trotzdem würde ich lieber noch abwarten, was die Untersuchung des Tatorts ergeben hat. Wenn es eindeutige Hinweise auf den Täter gibt, und der Täter ist nicht Velsinga, brauchen wir ja nichts zu seiner Entlastung vorzubringen.“

„Ja, das stimmt“, pflichtete Rainer ihr bei. „Und selbst wenn Velsinga in ihr Visier gerät, hat er im Moment keine Verhaftung zu befürchten. Seine Frau dürfte wohl die Einzige gewesen sein, die gewusst hat, dass er hier in Zuiderdijk ist. Das hat sie der Polizei aber nicht mehr sagen können. Also ruft die bei den Kollegen in ... Wo wohnen die Velsingas überhaupt?“

„In Den Haag“, sagte Jenny.

„Dann ruft sie da an, die fahren zum Haus der Velsingas, treffen niemanden an, in der Nachbarschaft weiß keiner, wo sie hin sind“, zählte er auf, „und damit herrscht erst mal Rätselraten, was seinen Verbleib angeht. Selbst wenn Ilse auf die Idee kommt, dass Velsinga hier übernachtet haben könnte, wird sie davon ausgehen, dass er nach dem Mord sofort abgereist ist, um der Polizei einen Schritt voraus zu sein.“

„Hoffen wir, dass es so ist“, sagte Jenny niedergeschlagen. „Wir könnten in diesem Fall nämlich etwas Luft zum Recherchieren gut gebrauchen, da wir ja nicht mal wissen, wo wir ansetzen sollen.“

„Wir werden schon einen Ansatz finden“, meinte Rainer zuversichtlich.

Gegen halb zwölf war Jenny damit beschäftigt, in den Kontoauszügen nach drei Zahlungen an die Telefongesellschaft zu suchen, die ihrer Meinung nach grundlos angemahnt wurden. Sie stutzte, als sie sah, dass die Tür zur Pension aufging und ein modisch gekleideter Mann um die dreißig in einem teuren, aber eigentlich zu eng sitzenden Anzug hereinkam und zwei uniformierte Polizistinnen mitbrachte. Die mit zu viel Gel in Form gebrachten dunkelblonden Haare saßen tadellos, glänzten aber zu sehr. Der Vollbart war präzise gestutzt, was ihm seltsamerweise den Eindruck verlieh, lediglich angeklebt zu sein.

„Ist ein Meneer Velsinga Ihr Gast?“, fragte der Mann.

„Wer will das wissen?“, gab sie unbeeindruckt zurück und tippte etwas in den Computer ein.

„Commissaris Vandermeer“, sagte er nur.

„Hat der Commissaris auch einen Dienstausweis?“, fragte sie.

Leise schnaubend zog er den Ausweis aus der Innentasche einer Jacke und hielt ihn kurz hin.

„Etwas länger dürfen Sie ihn mir ruhig zeigen“, sagte sie. „Ansonsten müsste ich Sie bitten, mein Haus sofort zu verlassen.“

Diesmal schnaubte Vandermeer noch lauter, hielt den Ausweis aber nun so lange hin, dass sie ihn sich genau ansehen konnte. „Sehr schön, danke.“

„Also?“, hakte er gereizt nach. „Meneer Velsinga.“

„Was denn?“

„Ist er Gast bei Ihnen im Haus?“

„Warum wollen Sie das wissen?“, fragte sie.

„Weil ich einen Haftbefehl habe“, knurrte er ungehalten.

„Hat das was mit der toten Frau auf der Bank an der Kirche zu tun? Die mit dem Messer in der Brust?“

„Woher wissen Sie davon?“, fragte er argwöhnisch. „Hat Velsinga etwas ausgeplaudert?“

„Ich weiß davon, weil meine Freundin und ich die Tote entdeckt haben", sagte sie in spitzem Tonfall.

„Aha."

„Mehr sagen Sie dazu nicht?", wunderte sich Jenny.

„Was soll ich dazu sagen? Herzlichen Glückwunsch?"

„Ja, zum Beispiel", sagte sie, ohne den Blick vom Bildschirm abzuwenden und ohne das zu unterbrechen, was sie eintippte.

„Herzlichen Glückwunsch", konterte er bissig. „Können Sie mir jetzt endlich sagen, ob Velsinga bei Ihnen ein Zimmer hat und welches Zimmer es ist?"

„Einen Moment bitte", sagte sie und tippte weiter. „Ich muss erst noch diese Sammelüberweisung erledigen. Sonst meldet mich das System in dreißig Sekunden ab."

„Wenn es sein muss", murmelte Vandermeer.

„Wieso kommen Sie eigentlich her und nicht Commissaris Ruijters?", fragte sie beiläufig, während sie weiterschrieb und auf ein Blatt voller Zahlenreihen sah, das vor ihr lag.

„Wer ist Commissaris Ruijters?", gab er knapp zurück.

„Eine Kollegin von Ihnen", antwortete sie verwundert. „Sie hat den Fall heute Morgen aufgenommen."

Er zuckte mit den Schultern. „Davon weiß ich nichts. Ich weiß nur, dass ich diesen Velsinga festnehmen soll."

„Aha", machte sie nur, da sie mit seiner Antwort nichts anfangen konnte, und tippte ungerührt weiter. „So, das hat geklappt", sagte sie nach zwei oder drei Minuten zufrieden. Dann rief sie ein anderes Programm auf, suchte etwas auf dem Bildschirm und sagte schließlich: „Ah, da ist es ja. Zimmer siebzehn." Sie griff in ein Fach unter der Theke und reichte Vandermeer eine Chipkarte.

„Was soll ich damit?“, fragte er.

„Ich könnte mir vorstellen, dass Sie gern die Tür von Zimmer siebzehn auftreten würden, Commissaris Vandermeer“, erklärte sie. „Mit der Karte geht die Tür von selbst auf. Ich habe nämlich keine Lust, Sie wegen mutwilliger Sachbeschädigung anzuzeigen und die Handwerkerrechnung an Sie weiterzuleiten.“

Vandermeer schien zu überlegen, was er darauf Geistreiches antworten konnte, doch ihm fiel offenbar nichts ein – zumindest nichts, was ihm keinen Ärger einbringen würde. Also verkniff er sich jeden Kommentar.

„Dekerke“, sagte er stattdessen zu der etwas jünger wirkenden Polizistin, „Sie bleiben hier und passen auf, dass die Frau nicht zum Hörer greift und Velsinga warnt.“

„Die ‚Frau‘ hat auch einen Namen“, rief sie ihm hinterher. „Und aus ...“

„Ist für meinen Bericht nicht wichtig“, gab er in einem gelangweilten Tonfall zurück.

„Und aus welchem Grund sollte ich Meneer Velsinga vor Ihnen warnen?“, ergänzte sie, nachdem er sie so schroff unterbrochen hatte.

„Reine Routinemaßnahme“, rief er ihr über die Schulter zu und verschwand mit der anderen Polizistin nach oben. Die jüngere Polizistin murmelte etwas vor sich hin.

Jenny sah sie amüsiert an. „Das klang aber gar nicht nett, Agent Dekerke.“

„Das war es auch nicht“, bestätigte sie.

„Können Sie Ihren Vorgesetzten nicht leiden?"

„Er ist nicht mein Vorgesetzter", sagte die Polizistin. „Also ... eigentlich ist er nicht mein Vorgesetzter, aber jetzt ist er es. Zum Glück wohl nur vorübergehend, aber das reicht schon. Ich bin normalerweise im Streifendienst in Rotterdam unterwegs. Vor gut einer halben Stunde bin ich ihm zugeteilt worden, genauso wie meine Kollegin, und dann ist er mit uns wie ein Irrer von Rotterdam hierhergefahren."

„Hat Ihnen keiner gesagt, was los ist?", fragte Jenny.

„Vandermeer hat irgendwas von einer Spezialeinheit geredet", erwiderte sie, „aber daraus bin ich nicht schlau geworden. Und er redete ein paar Mal davon, dass wir unbedingt als Erste hier eintreffen müssen, weil er den ‚Drecksack' festnehmen will."

„Hm", machte Jenny irritiert. Das klang alles eine Nummer zu groß, um einen Mann festzunehmen, der zumindest ihrer Ansicht nach seine Frau gar nicht umgebracht hatte. Sie hätte gern mehr erfahren, aber es brachte nichts, die Polizistin zu fragen, da sie offenbar nicht mehr wusste als das, was sie ihr gerade eben erzählt hatte.

Rainer kam von seinem üblichen kurzen Spaziergang vor dem Mittagessen zurück. Durch die geöffnete Tür waren aus der Ferne Polizeisirenen zu hören. „Was ist denn da draußen los?", fragte er.

„Draußen?", gab sie verwundert zurück. „Was soll da los sein?"

„Da rennt ein Mann mit einer Polizistin im Schlepptau wie aufgescheucht hin und her und telefoniert ganz hektisch", sagte Rainer. „‚Er ist weg, er ist weg', ruft er die ganze Zeit."

Agent Dekerke musste schadenfroh kichern und legte dann rasch die Hand vor den Mund, als ihr bewusst wurde, was sie getan hatte.

Jenny zwinkerte ihr grinsend zu, dann fragte sie: „Ist das Ihre Verstärkung, die da anrückt?“ Die Polizeisirenen waren jetzt auch durch die geschlossene Tür zu hören.

„Klingt ganz danach“, antwortete die Polizistin. „Ich sehe besser mal nach, was los ist.“

„Das interessiert mich auch“, sagte Jenny und folgte der Frau nach draußen. Sie gab Rainer ein Zeichen und auf dem Weg zum Zugang zur Pension auf der Deichseite berichtete sie ihm, was sich in den letzten Minuten zugetragen hatte.

Vor dem Grundstück stand eine schwarze Limousine mit aufgesetztem Blaulicht, offenbar der Wagen, mit dem Vandermeer hergekommen war. Noch während er aufgebracht mit irgendjemandem telefonierte, bogen von beiden Seiten je drei weitere schwarze Limousinen mit Blaulicht und Sirene in den Dijkweg ein. Auf Vandermeers Zeichen hin wurden die plärrenden Sirenen abgestellt. Die Wagen kamen zum Stehen, und Augenblicke später wimmelte es in der schmalen Straße von Polizisten in Zivil und in Uniform. Ein kahlköpfiger Mann in dunklem Anzug, zu dem er völlig unpassende Cowboystiefel trug, ging mit der Gangart eines John Wayne auf Vandermeer zu. Er trug einen pompösen Schnauzbart, der Jenny unwillkürlich an den missglückten Hercule Poirot erinnerte, den Kenneth Branagh seit einer Weile verkörperte.

„Und?“, fragte er den Commissaris.

Der schüttelte den Kopf. „Weg. Er ist über die Terrasse vor seinem Zimmer raus und über die Treppe von da runter."

„Seit wann?"

Vandermeer drehte sich zu Jenny um. „Wann haben Sie Velsinga das letzte Mal gesehen?"

„Heute Morgen so gegen halb neun beim Frühstück", sagte sie wahrheitsgemäß.

Der Kahlköpfige knurrte ungehalten. „Das sind über drei Stunden. Der Kerl ist längst weit weg."

Vandermeer nickte und presste verärgert die Lippen zusammen. „Wäre ja auch zu schön gewesen."

„Wir kriegen ihn", sagte der Kahlköpfige. „Wenn nicht heute, dann morgen. Aber wir kriegen ihn." Dann nahm er Daumen und Zeigefinger in den Mund und stieß einen gellenden Pfiff aus. Alle seine Kollegen drehten sich zu ihm, er rief: „Es geht zurück nach Hause. Los, los, Leute."

So schnell, wie sich der Dijkweg mit Autos und Menschen gefüllt hatte, leerte er sich auch wieder, bis nur noch Vandermeer mit seinen beiden Polizistinnen übrig war.

„Falls Velsinga noch mal auftauchen sollte, weil er vielleicht sein Gepäck holen will, dann geben Sie uns sofort Bescheid", wies er Jenny an und ging zu seinem Wagen.

„Werde ich machen", versicherte sie ihm und sah zu, wie die beiden Polizistinnen ebenfalls einstiegen. Dekerke lächelte ihr noch kurz zu, dann wurde sie bereits in den Sitz gedrückt, weil Vandermeer mit Vollgas abfuhr.

„Hat er dir seine Nummer gegeben, damit du ihm Bescheid geben kannst?“, fragte Rainer, als ihm Jennys amüsierte Miene auffiel.

„Hat er nicht“, antwortete sie und schüttelte lachend den Kopf. „So wie er und dieser Kahlkopf mit Schnauzbart sich aufgeführt haben, glaube ich, dass die beiden zu viele Filme mit Tommy Lee Jones als FBI-Agent gesehen haben und gern genauso cool sein wollen.“

Rainer lachte auf. „Ja, an Tommy Lee musste ich bei denen auch denken.“

Jenny kehrte auf ihr Grundstück zurück. „Jetzt wird es aber Zeit für einen Kamillentee“, sagte sie. „Der wird nach der ganzen Aufregung guttun.“

„Seit wann trinkst du Kamillentee? Und wieso Aufregung? Du bist wie immer die Ruhe selbst.“

„Ich doch nicht“, gab sie zurück. „Der arme Meneer Velsinga.“

4. Kapitel

„Du hast was?“, fragte Babette ungläubig, als sie am Nachmittag in die Pension gekommen war, um sich nach dem aktuellen Stand der Dinge zu erkundigen.

„Ich habe Velsinga eine SMS geschickt, dass er die Terrassentür aufreißen und sich dann sofort im Schrank verstecken soll“, sagte Jenny. „Und er solle Jacke und Schuhe mitnehmen, damit die falsche Fährte nicht sofort auffällt.“

„Während dieser Polizist vor dir stand? Das ist ja wirklich dreist von dir“, sagte ihre Freundin und musste lachend den Kopf schütteln.

„Na ja, dieser Vandermeer kam mir gleich seltsam vor“, erzählte Jenny, während sie Kaffee tranken und Apfelkuchen mit einer extragroßen Portion Sahne aßen. „Wie der hier hereingeplatzt kam und seine Forderungen stellte, das gefiel mir gar nicht. Außerdem wusste er nicht, wer Ilse ist, und ich bin mir sicher, wenn sie von dieser Aktion etwas gewusst hätte, dann hätte sie mich angerufen. Ich meine, sie hatte ja auch keinen Grund zu der Annahme, ich könnte auf die Idee kommen, einen mutmaßlichen Mörder vor der Polizei zu verstecken.“

„Ob das klug von dir war?“, fragte Babette zweifelnd.

„Du hältst ihn doch auch nicht für schuldig“, hielt Jenny ihr vor Augen.

„Das nicht, aber wenn man die Polizeiarbeit behindert, macht man sich doch schuldig, oder nicht?“

Jenny nickte und ließ den Blick durch den Speisesaal schweifen, in dem bereits ein paar Tische für das Frühstück am nächsten Morgen gedeckt waren. „Das ist richtig. Aber erstens hat Vandermeer keinen Anhaltspunkt dafür, dass ich so was gemacht habe. Schließlich stand er die ganze Zeit vor mir und weiß, dass ich Velsinga nicht angerufen habe. Zweitens ist es nicht meine Schuld, wenn Vandermeer eine offene Terrassentür sieht und daraus den Schluss zieht, dass sein Verdächtiger entkommen ist. Er hätte sich im Zimmer umsehen können, dann hätte er Velsinga im Schrank entdeckt. Velsinga war übrigens so schlau, aus dem Schrank heraus nach dem Koffer zu greifen und ihn gegen die Tür kippen zu lassen. Das hat sicher zu dem Eindruck beigetragen, dass der Commissaris von einer Flucht ausgegangen ist.“

„Aber um was es jetzt geht, weißt du immer noch nicht?“, erkundigte sich Babette.

„Keine Ahnung“, erwiderte Jenny. „Nach dem Polizistenauflauf draußen vor der Tür zu urteilen, müssen die wer weiß was gedacht haben, wer sich in meiner Pension aufhält.“

Babette zog eine Augenbraue hoch und presste die Lippen zusammen.

„Was ist?“, fragte Jenny, die nicht wusste, was sie von der Reaktion ihrer Freundin halten sollte.

„Hm, ich weiß nicht, aber ich überlege gerade ... Was ist, wenn Velsinga wirklich ‚wer weiß was‘ ist?“

„Wenn er *was* ist?“

„Na ja, theoretisch könnte er doch durchaus ein Serienmörder sein“, sagte sie. „Ich meine, das sind ja oft die netten Leute von nebenan, die sich anbieten, für einen ein Paket anzunehmen oder im Urlaub die Blumen zu gießen.“

Jenny trank einen Schluck Kaffee, um den Kuchen runterzuspülen. „Ich weiß, was du meinst. Und theoretisch könnte er tatsächlich ein kaltblütiger Killer sein. Aber mein Gefühl sagt mir nach wie vor, dass er das nicht ist. Er ist freundlich, aber nicht zu freundlich. Ich habe bei ihm nicht den Eindruck, dass sich dahinter etwas Böses verbirgt.“ Sie zuckte mit den Schultern. „Du weißt, ich bin nicht leichtgläubig. Ich kaufe keinem Versicherungsvertreter ab, dass er genau diese eine Versicherung erst letzte Woche seiner Mutter verkauft hat, die er niemals übers Ohr hauen würde. Und ob jemand gut angezogen ist oder nicht, ist für mich nicht entscheidend dafür, ob er seriös ist. Velsinga ist ein ganz normaler, durchschnittlicher Typ, dem ich nicht zutraue, dass er sich mitten in der Nacht im Dunkeln an der Kirche verabredet, um sie dann umzubringen.“

„Ich hoffe, das erweist sich nicht als Fehler, dass du ihn vor der Polizei gewarnt hast“, sagte Babette leise.

„Glaubst du jetzt nicht mehr, dass er unschuldig ist?“, fragte Jenny verwundert.

„Doch, doch, das schon. Aber so eine Polizeiaktion, wie du sie beschrieben hast, macht mich dann doch ein bisschen nachdenklich.“

„Mich auch“, bestätigte sie. „Aber sie lässt mich nicht an Velsingas Unschuld zweifeln. Eher am Verstand der Polizei.“

„Habt ihr die Nachrichten gehört?“, rief Rainer ihnen zu, der eben aus seinem Zimmer nach unten kam.

Bevor Jenny antworten konnte, betrat Commissaris Ilse Ruijters die Pension und grüßte in die Runde. Sie war wieder in der legeren Version unterwegs und hatte eine finstere Miene aufgesetzt, die nichts Gutes verhieß.

„Wir müssen reden“, sagte Ilse und steuerte zielstrebig auf den Privattisch in der hinteren Ecke zu.

„Ähm ...“, machte Rainer, der sich etwas übergangen fühlte.

Ilse sah ihn über die Schulter an. „Kommen Sie, Rainer“, sagte die Polizistin. „Sie müssen sich nicht ausgeschlossen fühlen.“

„Hatte ich auch nicht vor“, murmelte er und folgte Ilse an den Tisch, die ihre Jacke über einen der freien Stühle hängte.

Nachdem sie Platz genommen hatten, fragte Ilse: „Erinnern Sie sich an den Zeeland-Ripper?“

„Davon wollte ich gerade berichten“, seufzte Rainer und winkte ab.

„Der Zeeland-Ripper?“, wiederholte Jenny. „Ja, der taucht doch alle paar Jahre mal auf, bringt eine Touristin um und verschwindet gleich darauf spurlos. Soweit ich weiß, kennt die Polizei bis heute nicht die Identität des Täters.“

„Bis heute“, bestätigte Ilse. „Seit heute hat er einen Namen.“

Jenny kniff argwöhnisch die Augen zusammen. „Seit heute?“ Das klang nach etwas, das ihr gar nicht gefallen würde.

„Ja. Der Zeeland-Ripper heißt Victor Velsinga“, verkündete Ilse.

„Waaas?“, rief Babette entsetzt. „Unser Victor Velsinga ist der Ripper?“

„Das ist doch völliger Unsinn“, protestierte Jenny sofort.

Zu ihrem Erstaunen nickte Ilse zustimmend und sagte dann auch noch: „Natürlich ist das Unsinn.“

„Aber warum erzählen Sie es uns, wenn es Unsinn ist?“, fragte Jenny, die das Gefühl hatte, irgendeinen Teil der Unterhaltung nicht mitbekommen zu haben.

„Weil es eben in den Nachrichten kam“, warf Rainer ein. „Deswegen bin ich ja nach unten gekommen, um euch das zu erzählen.“

Jenny schüttelte den Kopf. „Aber warum kommt das in den Nachrichten, wenn es nicht stimmt?“

„Sagt Ihnen der Name Hoofdcommissaris Rutger Koekamp etwas?“, fragte Ilse.

„Nicht dass ich wüsste“, erwiderte Jenny. „Aber der Mann ist nicht zufällig einen kahlen Kopf größer als ich, trägt einen Kenneth-Branagh-Poirot-Schnauzbart in XL-Version und dazu Cowboystiefel?“

„Sie kennen ihn ja doch, Jenny“, meinte Ilse grinsend.

„Aber nur, weil der heute Mittag draußen vorgefahren ist, um mit Ihrem Kollegen Commissaris Vandermeer zu reden“, sagte sie. „Dann ist die ganze Truppe wieder abgefahren.“

„Koekamp hat nach dem dritten Mord an jungen Touristinnen in Zeeland die Spezialeinheit ‚Zeeland-Ripper‘ eingerichtet und geleitet“, erklärte Ilse. „Drei weitere Morde sind bislang geschehen, und der Täter ist noch immer nicht gefasst.“

„Aber der Mord an Velsingas Frau ist doch nicht das Werk des Rippers“, hielt Jenny dagegen. „Er hat nur im Sommer gemordet, es waren immer Touristinnen aus Deutschland oder Österreich, weshalb ich ja davon überzeugt bin, dass der Killer in einem dieser beiden Länder zu suchen ist, und es geschah immer am Strand. Bei diesem Mord stimmt nicht ein einziger Aspekt überein, zumal der Ripper seinen Opfern die Kehle aufgeschlitzt und die Tatwaffe mitgenommen hat.“

Ilse zog interessiert eine Augenbraue hoch. „Woher wissen Sie, dass die Tote Velsingas Frau ist?“

„Das hat sich im Dorf herumgesprochen“, behauptete Jenny dreist, obwohl sie wusste, sie hatte sich soeben verraten.

„Tatsächlich?“, hakte sie nach. „Und ich hätte schwören können, dass eine gewisse Mevrouw van Oosterburg ihre Neugier nicht zügeln konnte und mit Einweghandschuhen bewaffnet einen Blick in die Brieftasche der Toten geworfen hat.“

Jenny nickte anerkennend. „Was für eine blühende Fantasie Sie doch haben, Commissaris Ruijters“, sagte sie grinsend.

„Zurück zum eigentlichen Thema“, entschied die Polizistin. „Wie Sie schon ganz richtig gesagt haben, passt nichts zu den anderen Morden. Aber irgendjemand aus unserer Wache hatte ihn informiert, dass es eine Tote in Zeeland gab und die Tatwaffe ein Messer war. Für Koekamp war das Anlass genug, seine Spezialeinheit zu reaktivieren und auszurücken, um nach jahrelangen Fehlschlägen endlich den Ripper präsentieren zu können. Der Mann liebt das Rampenlicht, und eine solche Gelegenheit konnte er sich nicht entgehen lassen.“

„Gehören Sie nicht zu der Spezialeinheit?“, fragte Babette. „Ich meine, es ist doch eigentlich Ihr Fall.“

„Das *war* mein Fall“, fauchte Ilse verärgert. „Bis Koekamp von dem Mord erfuhr und die Ermittlungen einfach an sich riss. Ich habe protestiert, weil es keine Übereinstimmungen zwischen den anderen Fällen und diesem Mord gibt, aber offenbar habe ich etwas zu heftig protestiert. Und vielleicht hätte ich Koekamp auch nicht Geltungssucht und Mediengeilheit unterstellen sollen, obwohl beides stimmt. Aber ... na ja, woher hätte ich wissen sollen, dass mein Vorgesetzter einmal im Monat mit Koekamp zum Kegeln geht und die beiden beste Freunde sind? Jetzt habe ich erst mal eine Woche dienstfrei. Morgen werde ich mich allerdings eine Ebene höher über meinen Vorgesetzten beschweren, weil der mich aus rein persönlichen Gründen suspendiert hat, was er nicht machen darf.“

„Und wenn der Vorgesetzte Ihres Vorgesetzten mit dessen Tante verheiratet ist?“, warf Rainer mit einem Augenzwinkern ein.

„Dann habe ich mit Melonen gehandelt“, sagte Ilse.

„Sagt man nicht Zitronen?“, überlegte Babette

„Ich mag Zitronen“, antwortete die Polizistin. „Aber ich mag keine Melonen.“

„Ah“, machte Babette. „Dann ergibt das einen Sinn.“

„Aber woher wusste Koekamp, dass Velsinga in meiner Pension zu finden sein würde“, wollte Jenny wissen.

„Oder auch nicht zu finden sein würde“, konterte Ilse ironisch. „Die Tote hatte den Ausdruck einer E-Mail ihres Mannes in der Hosentasche, aus der hervorgeht, dass er in Huis Zonnebloem ein Zimmer reserviert hatte."

„Darum dieser Einsatz, bei dem nur noch ein Hubschrauber gefehlt hat", meinte Jenny.

„Den hätte Koekamp auch noch angefordert", sagte Ilse, „wenn es nicht so ausgesehen hätte, als wäre Velsinga schon mehrere Stunden zuvor untergetaucht."

Jenny zog eine Augenbraue hoch, da ihr die Wortwahl der Polizistin nicht entgangen war. Sie hatte „wenn es nicht so ausgesehen hätte, als wäre ..." gesagt, aber eigentlich hätte sie „wenn Velsinga nicht schon Stunden zuvor untergetaucht wäre" sagen müssen. Also glaubte sie nicht an die Flucht des angeblichen Zeeland-Rippers.

„Und was passiert jetzt?", fragte Rainer. „Was macht dieser Koekamp als Nächstes?"

„Das Gleiche, was er seit vier Morden macht – den aktuellen aus den erwähnten Gründen nicht mitgerechnet –: um ständige Präsenz im Fernsehen und im Internet bemüht sein, die Bevölkerung dazu aufrufen, wachsam zu sein und alle ungewöhnlichen Beobachtungen zu melden, seine Leute nach da und dort schicken, um Hinweisen nachzugehen und, und, und. Er ist mehr eine PR-Maschine als ein Commissaris und erst recht als ein Hoofdcommissaris. Seine engagierte Jagd auf den Zeeland-Ripper hat ihn auf diesen Posten gehievt, obwohl Ermittlungserfolge und die Zahl der überführten Kriminellen dafür ausschlaggebend sein sollten."

„Ich habe das Gefühl, dass Sie Koekamp nicht besonders gut leiden können", sagte Jenny und konnte sich einen ironischen Tonfall nicht verkneifen.

„Auf meiner Liste der Dinge, die ich nicht mag, rangiert er noch weit unter Fußpilz und verschimmelter Milch“, erwiderte sie und grinste flüchtig, wurde dann aber wieder ernst. „Wo ist er?“, fragte sie.

Jenny überraschte diese Frage nicht. Genau genommen hatte sie sie schon viel früher erwartet. Sie brauchte gar nicht erst mit dem Gedanken spielen, sich ahnungslos zu stellen, weil das eine Beleidigung für Ilse gewesen wäre. Sowenig sie diese Frau am Anfang hatte ausstehen können, stellte sie inzwischen bei jedem Wiedersehen fest, wie ähnlich sie sich doch waren und wie ähnlich sie dachten. Ilse wusste, dass sie nicht mehr als „Wo ist er?“ fragen musste, weil sie beide wussten, wer gemeint war.

„An einem sicheren Ort“, antwortete sie.

„Wie sicher?“, hakte Ilse nach.

Jenny grinste flüchtig. „Sicher genug, um von Koekamp nicht gefunden zu werden.“

Ilse nickte, offenbar musste und wollte sie mehr als das nicht hören, da sie zu diesem Thema keine weiteren Fragen stellte. „Mich würde noch etwas anderes interessieren“, fuhr sie fort. „Wie haben Sie Vandermeer ausgetrickst? Wenn das alles vorüber ist, möchte ich gern herumerzählen, wie er sich blamiert hat.“

„Offenbar ist er in Velsingas Zimmer gestürmt, hat die offene Terrassentür und die schmale Treppe gesehen, die von da nach unten führt“, erzählte Jenny, „und war sofort davon überzeugt, dass der Mann entkommen war, obwohl er zwei Meter von ihm entfernt im Wandschrank saß.“

„Im Wandschrank?“ Ilse musste laut lachen. „Das ist ja der älteste Trick, auf den man reinfallen kann. Oh, oh, das wird ihm gar nicht gefallen, wenn das die Runde macht.“ Dann sah sie Jenny forschend an. „Ich frage mich allerdings, woher Velsinga wusste, dass es Zeit war, sich im Schrank zu verstecken.“

„Das ist eine berechtigte Frage“, erwiderte Jenny nur und verkniff sich ein Grinsen.

„Gut“, sagte die Polizistin schließlich. „Ich vermute ja, dass Sie versuchen werden, Velsingas Unschuld zu beweisen. Mir sind derzeit die Hände gebunden, aber es gibt ein paar Kollegen, bei denen ich die eine oder andere Auskunft einholen kann, wenn Sie was wissen müssen. Wie viel und was geht, weiß ich nicht. Das kommt auf den Einzelfall an.“

„Dann glauben Sie auch nicht, dass Velsinga seine Frau ermordet hat?“

Ilse machte eine vage Handbewegung. „Ich müsste mit ihm reden, um mir ein Bild von ihm zu machen. Ich kann nicht ausschließen, dass er sie umgebracht hat. Aber wenn er diesen Mord begangen hat, dann ist er auf keinen Fall der Zeeland-Ripper, weil das nicht dessen Vorgehensweise ist. Allerdings fürchte ich, dass Koekamp alles tun wird, um ihm die anderen Morde anzuhängen, damit er sich als der Superpolizist feiern lassen kann, für den er sich hält.“

„Wäre es denn so leicht, ihm die anderen Morde anzuhängen?“, fragte Rainer.

„Wissen Sie noch, wo Sie am 12. Juli 1998 waren?“, gab sie zurück.

„Da müsste ich im Kalender von damals nachsehen“, sagte er.

„Sofern Sie den noch haben.“

Er lächelte flüchtig. „In meinem Fall ja, weil ich bei meinen Projekten immer exakt Buch führe, was wann wo mit wem besprochen wurde."

„Aber ein normaler Angestellter, der nur Bürotermine hat?", hakte Ilse nach.

„Der wird Schwierigkeiten haben, das zu belegen", musste er zugeben.

„Richtig, und dazu kommt die Nähe zum Tatort", fuhr sie fort. „Die Velsingas wohnen in Den Haag, und von da nach Zeeland ist keine Weltreise. Er könnte um neun Uhr abends losfahren, um elf Uhr ein zufällig ausgewähltes Opfer töten, und um ein Uhr in der Nacht wäre er wieder zu Hause."

„Seine Frau könnte aber doch aussagen ...", begann Babette.

„Die ist praktischerweise gerade erst ermordet worden, also kann sie nichts mehr dazu sagen, wann ihr Mann zu Hause war und wann nicht", sagte Ilse. „Koekamps Behauptung lässt sich also nicht widerlegen."

„Aber Velsinga würde sich mit dem Mord doch selbst schaden, wenn er die Frau umbringt, die erklären könnte, dass er an den Abenden der Morde zu Hause war", hielt Jenny dagegen.

„Und wenn er sie umgebracht hat, weil sie zur Polizei gehen und eine Aussage machen wollte?", konterte die Polizistin.

Jenny atmete schnaubend aus. „Das ist alles ziemlich verfahren, finde ich."

„Und das wird sich Koekamp zunutze machen wollen, Jenny. Davon können wir ausgehen. Der namen- und gesichtslose Zeeland-Killer hat jetzt endlich beides:

einen Namen und ein Gesicht. Da wäre es doch peinlich, wenn auf einmal der Beweis geliefert wird, dass er mit keinem dieser Morde etwas zu tun hatte." Die Polizistin sah in die Runde. „Wie gesagt, ich würde gern mit Velsinga reden, um mir ein Bild von dem Mann zu machen. Es würde mir helfen, die Situation besser einzuschätzen."

„Dann müssten wir einen neutralen Ort bestimmen, an dem ...", begann Jenny.

„Auf keinen Fall!", fiel Ilse ihr sofort ins Wort. „Velsinga darf dieses Haus auf keinen Fall verlassen. Besser noch wäre es, wenn er nicht mal sein Zimmer verlässt ... und wenn Sie ihm Essen und Getränke auf einem Weg so zukommen lassen könnten, dass man das von draußen nicht beobachten kann. Sonst kommt Koekamp mit einem Durchsuchungsbeschluss und nimmt das Haus auseinander."

„Von draußen beobachten?"

„Auf dem Parkplatz da hinten am Deich steht einer unserer Transporter, der ringsum mit Kameras ausgerüstet ist und rein zufällig den gesamten Dijkweg im Blick behält. Auch wenn Velsinga offiziell auf der Flucht ist, wird Koekamp nicht so dumm sein und die Möglichkeit außer Acht lassen, dass der angebliche Zeeland-Killer sich vielleicht doch irgendwo in der Nähe aufhält oder möglicherweise nie geflohen ist", sagte sie. „Sobald es dunkel ist, kann man von draußen diesen Raum hier ungestört beobachten. Also darf Velsinga hier nicht auftauchen, und wenn man sieht, dass Sie auf einem Tablett Abendessen nach oben bringen, wird man sich fragen, für wen das wohl sein soll. Koekamp wird zur Sicherheit auch immer wieder Drohnen über den Ort fliegen lassen, auch nachts, um nach Hinweisen auf den vermeintlich Flüchtigen zu suchen. Aber die sind so leise, die hören Sie nicht. Wenn Velsinga das Haus verlässt, dann ist er geliefert. Denken Sie immer daran."

Die Polizistin stand auf und zog ihre Jacke wieder an. „Wenn jemand fragt, warum ich hier war, dann habe ich Ihnen Ihr Handy gebracht, das Ihnen heute Morgen aus der Tasche gefallen ist, als Sie am Tatort auf mich gewartet haben." Sie sah lächelnd in die Runde. „Ich wünsche Ihnen noch einen angenehmen restlichen Sonntag." Dann ging sie zur Tür und verließ die Pension.

„Damit hätte ich nun wirklich nicht gerechnet", sagte Jenny erstaunt.

„Womit genau?", fragte Rainer. „Das waren ja sehr viele verschiedene Dinge, mit denen sie uns überrascht hat ... oder mich zumindest."

„Eigentlich mit allem", musste Jenny zugeben. „Ich hatte ja erwartet, dass sie sich meldet, aber ich hatte eher mit einem Anruf gerechnet, nicht mit einem Besuch. Ich muss das erst mal verarbeiten ... vor allem die Tatsache, dass dieser Koekamp uns beobachten lässt."

„Was haltet ihr davon, wenn wir die Polizei noch mal überlisten, so wie du es mit diesem Vandermeer gemacht hast?", fragte Babette.

„Kommt drauf an, wie illegal deine Idee ist", erwiderte Jenny.

„Meine Idee ist, Velsinga vor den Augen unserer Beobachter aus der Pension zu bringen", sagte ihre Freundin, „und ihn anschließend bei uns einzuquartieren, wo ihn niemand vermuten wird."

„Klingt für mich nicht illegal“, meinte Rainer. „Was genau hast du vor?“

„Das verrate ich euch später. Ich muss erst mit einer alten Bekannten telefonieren und fragen, ob die das gleich für morgen früh arrangieren kann“, antwortete Babette.

„Ich bin gespannt, was du dir da ausgedacht hast.“ Jenny sah zu Rainer und fuhr fort: „Wie und wo sollen wir mit unseren Recherchen anfangen? Hast du eine Idee?“

Rainer verzog den Mund. „Na ja, bislang haben wir nur Velsingas Aussage, dass seine Frau schrecklich eifersüchtig war. Mehr nicht. Wir sind zwar davon überzeugt, dass er die Wahrheit sagt. Ach, da fällt mir etwas ein ...“

„Hoffentlich nichts, was unsere Meinung über ihn umschwenken lässt“, murmelte Jenny.

„Nein, nein, ganz im Gegenteil. Du hast doch davon gesprochen, dass ein Messer in ihrer Brust steckte.“

„Ja.“

„Und keine weiteren Verletzungen?“

„Nein, ich habe mir ihre Hände angesehen“, sagte sie. „Da waren keine Abwehrverletzungen, keine Schnitte, nichts.“

Rainer schüttelte den Kopf. „Das meine ich nicht, sondern den Oberkörper, den Bauchbereich, den Hals.“

„Nein, da war nichts“, antwortete Jenny sofort.

„Er hat ihr das Messer ins Herz gestoßen, und das war alles“, stimmte Babette ihr zu. „Das sehe ich sogar jetzt noch vor mir. Das ist das Bild, als der Blitz über uns hinwegzuckte, und ich diese Frau da sitzen sah. Ihre

Kleidung war zwar durchnässt, aber da waren keine Schnitte im Stoff und auch keine anderen Blutflecken."

„M-hm", machte Rainer.

„Das heißt für uns übersetzt?", fragte Jenny amüsiert.

„Ich habe mir das vorhin mal durch den Kopf gehen lassen", sagte er. „Wenn ich mir vorstelle, dass meine Frau mich mit ihrer Eifersucht so verrückt macht, dass ich keinen anderen Ausweg mehr sehe, als sie umzubringen, und dann verabrede ich mich mit ihr unter einem Vorwand ... Dann sitze ich in meinem Hotelzimmer, habe das Messer vor mir liegen, und lasse immer wieder all die Eifersuchtsszenen vor meinem geistigen Auge vorüberziehen, während ich darauf warte, dass es Zeit wird zu gehen ... Da muss sich doch nach und nach Wut in mir aufstauen. Wut, dass ich das alles mit mir habe machen lassen. Wut, dass ich das Ganze nicht schon früher beendet habe, nicht wahr?"

„Sicher", stimmte Babette ihm zu, während Jenny nachdenklich nickte. „Ich wäre ziemlich geladen, wenn ich mich auf den Weg zu diesem Treffen machen würde."

„Ich wäre jedenfalls nicht kühl und gelassen", bestätigte auch Jenny. „Aber worauf willst du hinaus?"

„Ich will darauf hinaus, dass ein Mann mit solcher Wut im Bauch seiner Frau zumindest noch einiges an den Kopf werfen würde, was ihm an ihr alles nicht passt. Jemand, der dann so in Rage ist und der ein Messer in der Hand hält ..."

„... würde ihr nicht bloß einmal sehr gezielt ins Herz stechen", führte Jenny den Satz zu Ende. „Er würde mehrmals zustechen, weil seine ganze Wut ein Ventil findet. Er würde sie auch noch so kurz vor ihrem Ende wissen lassen wollen, was für eine schreckliche Person sie doch war." Sie hielt die Hand so, als würde sie einen Messergriff umfassen, und holte aus, um auf ihr fiktives Gegenüber einzustechen. „Er würde den Griff andersherum festhalten und von oben kommend auf sie einstechen. Und dabei würde er sie wieder und wieder beschimpfen, bis sie tot zusammenbrechen würde."

Auch Babette musste den beiden zustimmen.

„Das heißt, unser Killer ist definitiv nicht Velsinga", folgerte Rainer. „Sie wurde von jemandem umgebracht, zu dem sie nur eine sehr geringe oder gar keine persönliche Bindung hatte. Er hat sie nicht wegen ihrer Eifersucht umgebracht, sondern ihr Tod war für ihn mehr Mittel zum Zweck. Vielleicht, um Velsinga in eine schwierige Lage zu bringen oder um ihn für etwas zu bestrafen." Er zuckte mit den Schultern. „Aber dazu lässt sich natürlich auch weiter nichts sagen, wenn wir nicht irgendetwas über die Velsingas in Erfahrung bringen können."

„Wir sollten zu ihnen nach Hause fahren", schlug Jenny vor.

„Da wird uns niemand aufmachen", gab er grinsend zurück.

„Komiker. Ich will doch bei den Nachbarn klingen", sagte sie.

„Unter welchem Vorwand?", wollte Rainer wissen.

„Das überlegen wir uns, wenn wir morgen früh hinfahren", erwiderte Jenny.

5. Kapitel

Um Viertel nach acht am nächsten Morgen fuhr im Dijkweg ein Lieferwagen eines Küchenstudios in Vlissingen vor und hielt am Eingang zur Pension Huis Zonnebloem. Der Fahrer begab sich mit einem Klemmbrett in der Hand zum Empfang, während sein Kollege die Heckklappe öffnete und eine Sackkarre auf den Gehweg stellte. Ein paar Minuten später kam der Fahrer zurück, dann zogen beide Männer einen großen Karton von der Ladefläche und schoben ihn auf die Sackkarre. Der Aufdruck des Kartons ließ erkennen, dass es sich um eine große Kühl- und Gefrierkombination handelte, die sie auf der Sackkarre in Richtung Eingangstür der Pension schoben. Jenny stand bereits da und hielt ihnen die Tür auf.

„In die Küche damit", sagte sie und lächelte dankbar, während sie auf Rainer deutete, der den beiden Männern die Tür zur Küche aufhielt. Der Speisesaal war an diesem Morgen gut besucht, da am Sonntagabend die angekündigte Busladung Leiharbeiter eingetroffen war, die sich jetzt noch auf eigenen Wunsch vor allem mit Bratwurst und gebratenem Speck stärkten, um bis zur Mittagspause auf der Großbaustelle bei Kräften zu bleiben, zu der sie in der nächsten halben Stunde gebracht werden würden. Die Gäste sahen, dass ein neuer

Kühlschrank angeliefert wurde, und gut eine Viertelstunde später sahen sie, wie der große Karton, der nun aufgerissen und notdürftig wieder zugeklebt worden war, wieder weggebracht wurde. Zweifellos wurde in diesem Karton das Altgerät abtransportiert, das hatte ersetzt werden müssen.

Draußen luden die beiden Männer den Karton in den Lieferwagen und legten die Sackkarre auf die Ladefläche. Dann stiegen sie ein, der Fahrer steckte das Klemmbrett hinter dem Tacho zwischen Windschutzscheibe und Armaturenbrett. Er ließ den Motor an und folgte dem Dijkweg in Richtung Dorfmitte, bog rechts ab, nahm die zweite Straße links und folgte dem Straßenverlauf, der einen Viertelkreis nach links beschrieb. Vor der Hausnummer, die auf dem obersten Zettel auf dem Klemmbrett notiert war, hielt der Fahrer an und setzte den Lieferwagen rückwärts vor die Doppelgarage, deren Tor im selben Moment von innen geöffnet wurde.

Babette begrüßte die beiden Männer und zeigte ihnen, wo sie den Karton ablegen sollten. Minuten später war das erledigt, der Fahrer und sein Begleiter steckten zufrieden jeder einen Hundert-Euro-Schein ein, bedankten und verabschiedeten sich. Als sie abfuhren, schloss Babette von innen das Garagentor. Dann nahm sie das Teppichmesser zur Hand, das sie schon am Abend zuvor bereitgelegt hatte, und sagte: „Nicht bewegen."

Sie setzte zwei Schnitte so an, damit sie die Oberseite wegklappen konnte, dann sagte sie lächelnd: „Willkommen in Ihrem neuen Quartier, Meneer Velsinga."

Velsinga nahm dankbar die angebotene Hand an, um sich aufzusetzen, dann murmelte er: „Jetzt habe ich eine Vorstellung davon, wie das ist, wenn man in einem Sarg liegt."

„Halten Sie sich immer vor Augen, dass Sie davon dann nichts mehr mitbekommen werden", erwiderte Babette gut gelaunt, legte das Teppichmesser zurück ins Regal und griff nach ihrem Smartphone. Sie tippte die oberste Nummer im Register an, die Verbindung wurde hergestellt.

„Das Präsent ist angekommen", verkündete Jenny, nachdem sie das Telefonat mit Babette beendet hatte.

„Sehr gut", sagte Rainer und atmete erleichtert auf. „Jetzt können Koekamps Leute uns beobachten, solange sie wollen, und keiner von uns muss darauf achten, wie er sich verhält und wohin er guckt."

„Und wir können uns auf den Weg machen", sagte sie. „Ich hole nur schnell meine Jacke."

„Ich auch. Ich will ja nicht in Hemd und Hose herumlaufen, wenn mir bei vier oder fünf Grad der Wind um die Ohren pfeift", erwiderte er und ging nach oben.

Ein paar Minuten später gingen sie zum Parkplatz, der zum Teil zur Pension gehörte. Auf einem der Plätze stand der leuchtend rote Golf, den Jenny seit Jahren fuhr und der trotz seines stolzen Alters von fast zwanzig Jahren immer noch absolut zuverlässig war.

„Hast du die Adresse?", fragte Rainer vorsorglich.

„Die steht immer noch auf dem Foto von Marie Velsingas Ausweis", sagte sie.

„Dann frage ich, ob du dein Smartphone eingesteckt hast", erwiderte er und stieg ein.

„Habe ich, da ich sonst ja kein Navi hätte“, antwortete Jenny und deutete auf das Armaturenbrett, das einen jedes Mal in eine andere Welt zu versetzen schien, da es hier kein Display und kein Tablet gab, mit dem man irgendeine Funktion hätte steuern können. Sie klemmte das Smartphone in die nachträglich eingebaute Halterung und ließ den Motor an. Das Radio stellte sie auf einen Sender ein, der sie für die vor ihnen liegende Strecke mit Verkehrsdurchsagen versorgen würde. „Leider werden wir auf dem Sender mindestens jede halbe Stunde mit einem ‚Update‘ zur Jagd auf den Zeeland-Ripper versorgt, obwohl es nichts Neues geben kann.“

Als sie losgefahren war, fragte Rainer: „Und wann machst du das Navi an?“

Sie winkte ab. „Das hat noch Zeit. Bis Den Haag kenne ich die Strecke auswendig. Das Navi brauche ich erst, wenn wir in der Stadt sind. Da wird alle fünf Minuten die Straßenführung geändert, da kann man leicht die Orientierung verlieren.“

„Sprichst du etwa aus Erfahrung?“, fragte er grinsend.

„Kann man so sagen“, antwortete sie seufzend. „Drei Baustellen und dazu ein Unfall und ein Feuerwehreinsatz, bei denen jedes Mal die komplette Straße gesperrt worden war. Das hat mich wirklich zum ersten Mal völlig aus dem Konzept gebracht. Und dann stand ich auch noch in einem Neubauviertel, in dem man die Straßenschilder noch gar nicht angebracht hatte.“

Rainer musste lachen. „Und wie weit warst du von deinem Kurs abgekommen?“

„Eigentlich gar nicht so weit, aber die Häuser und Kirchtürme, an denen ich mich hätte orientieren können, befanden sich alle hinter dem Betonklotz, den man da in die Landschaft gesetzt hatte."

Über das Sturmflutwehr an der Oosterschelde ging es auf Landstraßen von einer Insel auf nächste, dann war bei Rotterdam die Autobahn erreicht, die nach ein paar Kilometern im Erdboden zu verschwinden schien, da es in eine der Tunnelröhren ging, die unter dem gesamten Hafengelände hindurchführte und sie erst am nördlichen Stadtrand von Rotterdam wieder ausspuckte. Ab da herrschte der für einen Montagmorgen typische dichte Verkehr, und die Leuchttafeln über den Fahrspuren zeigten eine Höchstgeschwindigkeit von siebzig Stundenkilometern an. Tatsächlich war es gar nicht möglich, schneller als fünfzig zu fahren.

„Haben wir uns verfahren?", fragte Rainer, als sie von der Autobahn abbogen, um durch die Vororte von Den Haag zu fahren. Zwar schickte das Navi sie noch eine Weile beharrlich zurück auf die Autobahn, aber Jenny kannte sich in der Stadt gut genug aus, um zu wissen, wie man die üblichen Staus am besten umfuhr.

„Wieso?", erwiderte Jenny.

„Na, weil das da vorne aussieht wie Manhattan", sagte er und deutete nach rechts.

„Das? Ach, das ist das Quartier rund um den Bahnhof", erklärte sie. „Da wetteifern seit Jahrzehnten Dutzende Architekten, wer von ihnen das schönste Hochhaus bauen kann."

„Und gibt es noch keinen Sieger?"

„Sieger?“, gab sie lachend zurück. „Ich warte da seit Jahren vergeblich auf das erste Bauwerk, das man wenigstens als annähernd schön bezeichnen kann.“ Sie fuhr an den Straßenrand und sah sich den Straßenplan an. „Ah, da ist das. Rechts vom Kurhaus.“ Dann fuhr sie wieder los.

Die folgende halbe Stunde führte sie auf einem beträchtlichen Umweg durch eine auf Rainer völlig fremd wirkende Stadt. Manchmal glaubte er eine Ecke von früher wiederzuerkennen, aber ein paar Meter weiter entpuppte sich das als Irrtum, weil der Rest der Straße nicht zu dem passte, was er in Erinnerung hatte. Nachdem sie die Innenstadt hinter sich gelassen hatten und es Richtung Scheveningen und Strand ging, war mit einem Mal vieles wieder vertraut. Das angenehme Gefühl hielt nicht lange an, denn als sie auf das Kurhaus zu fuhren, das er als einen uralten Prachtbau in Erinnerung hatte, musste er zweimal hinsehen, um das Gebäude zu entdecken.

„Mein Gott“, stöhnte er. „Die haben hier ja alles gnadenlos zugebaut!“

Jenny zog verwundert eine Augenbraue hoch. „Sag mal, wann warst du denn das letzte Mal hier?“

„Ach, das ist ewig her. Das war noch mit meinen Eltern“, antwortete er. „Bestimmt vor fünfunddreißig Jahren oder so.“

Sie nickte verstehend. „Das erklärt deine Reaktion. So wie jetzt sieht es hier schon seit zwanzig Jahren und länger aus. Ein paar Bauten hat man inzwischen sogar schon wieder abgerissen und etwas Neues hingesetzt. Ich glaube, du solltest dir mal im Internet nach Jahren sortiert Fotos von damals bis heute ansehen. Du wirst dich wundern, das kann ich dir versprechen."

„Lieber nicht." Er winkte dankend ab. „Dann kommen mir vermutlich noch die Tränen. Und das brauche ich nun auch wieder nicht." Als sie vor dem Kurhaus nach rechts abbogen, konnte er nur den Kopf schütteln. „Sind die Geschäfte da alle dicht?", fragte er und deutete auf eine Ladenzeile, die im Erdgeschoss eines lang gestreckten Wohnblocks eingerichtet worden war.

„Sieht so aus", sagte sie nach einem kurzen Blick zur Seite. „Soweit ich weiß, schmeißen die regelmäßig alle paar Jahre alle Mieter raus, auch wenn die Läden noch so viel Gewinn abwerfen. Eine ehemalige Schulfreundin wohnt in Richtung Hafen, darum komme ich von Zeit zu Zeit her. Inzwischen hast du das Gefühl, dass spätestens nach zwei Jahren überall neue Geschäfte aufgemacht haben, weil du vergeblich nach den guten Läden suchst, in denen du letztes Mal so tolle Sachen gekauft hast."

Sie bogen wieder rechts ab und dann gleich wieder links und fanden sich in einer Straße wieder, die zu beiden Seiten von Einfamilienhäusern gesäumt wurden, wie man sie in den Sechziger- und Siebzigerjahren gebaut hatte. Wären da nicht die modernen Autos gewesen, die zu beiden Seiten parkten, hätte man glauben können, dass man in die Vergangenheit gereist war.

„Ja, so kenne ich das noch", murmelte Rainer, der mit leuchtenden Augen nach links und rechts sah. „So sah es hier überall aus."

„Das ist lange her", sagte Jenny ein wenig wehmütig. Woran er sich erinnerte, das war eine Welt, die noch vor ihrer Geburt existiert hatte. Ohne gleich in dieser

Zeit leben zu wollen, wäre es trotzdem faszinierend gewesen, eine Stadt so sehen zu können, wie sie vor vierzig oder fünfzig Jahren ausgesehen hatte.

„Da ist die siebzehn", sagte Rainer und riss sie aus ihrer Träumerei. „Und da ist auch direkt ein Parkplatz."

„Den wir nicht nehmen werden", erwiderte sie und fuhr weiter, bis sie die Hauptstraße erreicht hatten, von der sie vorhin abgebogen waren. Jenny sah nach links und rechts, um sich zu vergewissern, dass keine Straßenbahn kam, dann fuhr sie los und stellte ihren Wagen auf dem ersten freien Parkplatz ab.

„Ich will nicht vor dem Haus parken", erklärte sie. „Wenn die Polizei meine Pension beobachtet, dann wird sie erst recht Velsingas Haus überwachen. Schließlich kann es ja sein, dass er auf seiner Flucht dorthin zurückkehrt, weil er Geld oder Papiere braucht. Ich möchte nicht, dass die mein Kennzeichen überprüfen, wenn sie sehen, dass wir mit den Nachbarn reden."

Rainer nickte. „Ja, natürlich. Daran hatte ich nicht gedacht", sagte er. „Tut mir leid."

„Das muss dir nicht leidtun", entgegnete sie und lächelte ihn an. „Ich hätte mich ja fast auf den Platz gestellt, aber dann fiel mir der Transporter mit den schwarzen Scheiben auf, der auf dem nächsten Platz steht."

„Gut beobachtet", sagte er und wartete, bis sie die Park-App auf ihrem Smartphone gestartet hatte. Sie loggte sich mit dem Kennzeichen ein, startete die Parkzeit und nickte Rainer zu. Sie überquerten die Gleise und kehrten in die Straße zurück, die so wirkte, als hätte die Zeit sie einfach vergessen.

„Wenn die aus dem Wagen heraus das Haus beobachten, sollten wir möglichst zielstrebig zum Nachbarhaus gehen, ohne Velsingas Haus zu beachten."

„Auf jeden Fall", stimmte sie zu. „Die sollen glauben, dass wir bei den Nachbarn etwas zu erledigen haben. Ich hoffe nur", fügte sie hinzu, „dass die Meldung von der angeblichen Rückkehr des Zeeland-Rippers sich hier noch nicht herumgesprochen hat. Sonst können wir die Geschichte vergessen, die wir uns ausgedacht haben."

„Dann können wir immer noch umschwenken und meine Geschichte benutzen", schlug Rainer vor.

„Ich weiß nicht, ob wir dann noch behaupten können, dass wir als Privatdetektive gegen Velsinga ermitteln sollen, wenn die Leute sein Gesicht heute Morgen in den Nachrichten gesehen haben und jetzt glauben, dass er der Ripper ist."

„Dann ermitteln wir halt gegen seine Frau", erwiderte er. „Das muss ja nicht mal von ihm kommen, denn dann hätte es sich auch erledigt. Wir sagen, eine Frau will, dass wir mehr über Mevrouw Velsinga herausfinden, weil sie glaubt, dass Mevrouw Velsinga eine Affäre mit ihrem Mann hat. Also ... nicht mit ihrem Mann, sondern mit dem Mann dieser Frau."

Unwillkürlich musste Jenny lachen. „Ich habe das schon verstanden", sagte sie. „Aber es klingt wirklich völlig missverständlich."

„Zuerst Nummer dreizehn?", fragte er.

Jenny nickte, und sie bogen in den kleinen Vorgarten des Hauses ein. Zwischen den kugelrunden Büschen huschte eine Amsel hin und her und schien irgendein

Insekt zu verfolgen. Die Jalousien des großen Wohnzimmerfensters waren heruntergelassen, sonst hätte man von der Straße aus vermutlich bis in den Garten hinter dem Haus sehen können. Jenny sah sich um und stellte fest, dass auch bei den anderen Erdgeschossfenstern zugezogene Gardinen und Vorhänge zu sehen waren. Offenbar hatte man sich auch hier inzwischen von der Tradition verabschiedet, den freien Blick ins Haus zu gestatten.

Sie hörte die Türklingel und wurde gerade rechtzeitig aus ihrem Gedankengang geholt, um zu sehen, wie die Haustür geöffnet wurde. Eine Frau Mitte zwanzig mit einem Baby auf dem Arm sah sie fragend an.

„Guten Tag, Mevrouw“, begrüßte Jenny sie. „Wir sind die Schuurmans und haben eine etwas ungewöhnliche Bitte. Wir haben ein Haus in Zeeland, das wir verkaufen möchten, und Ihre Nachbarn, die Velsingas, haben Interesse an diesem Haus.“

„Tatsächlich?“, fragte die junge Frau, deren Miene zu strahlen begann.

„Ja, wir haben ein gutes Verhältnis zu unseren jetzigen Nachbarn, und wir möchten das Haus an niemanden verkaufen, der nicht in diese Nachbarschaft passt“, fuhr Jenny fort. „Die Velsingas machen zwar einen netten Eindruck, aber den hatten wir auch bei zwei anderen Interessenten, und als wir uns in deren Nachbarschaft erkundigt haben, mussten wir erfahren, dass der eine nach Feierabend in seinem Garten Motorräder repariert und einen Höllenlärm verbreitet, weil stundenlang Motoren laufen oder aufheulen. Also alles, was zu einer Motorradwerkstatt gehört. Der andere Interessent macht prinzipiell von Freitagnachmittag bis Sonntagabend Party für all seine Freunde, und was da los ist, das kann man sich vorstellen, ohne es gesehen oder gehört haben zu müssen."

„Das kann ich gut verstehen", sagte die Frau und seufzte. „Und jetzt wollen Sie wissen, wie die Velsingas so sind?"

„Ja, das würde uns interessieren", erwiderte Jenny und sah, wie die Frau sich auf die Unterlippe biss, als würde sie mit sich ringen, wie sie antworten sollte.

Schließlich schüttelte sie den Kopf und murmelte: „Es tut mir leid."

„Was tut Ihnen leid?", fragte Jenny irritiert.

„Wie? Oh, das galt nicht Ihnen", stellte sie hastig klar. „Sie haben uns allen nur gerade die vielleicht einmalige Gelegenheit geboten, die Velsingas loszuwerden. Aber ich ... Ich bringe es nicht übers Herz, diese Leute Ihren Nachbarn zuzumuten, wenn deren Wohl für Sie so wichtig ist."

Jenny und Rainer zogen gleichzeitig verdutzt die Augenbrauen hoch.

„Meneer Velsinga ist ein netter und umgänglicher Mann", erzählte die Frau. „Jedenfalls wäre er das, wenn seine Frau nicht so entsetzlich eifersüchtig wäre."

„So schlimm?"

„Schlimm ist kein Ausdruck dafür", sagte sie. „Stellen Sie sich vor, Ihr Paket wird bei den Velsingas abgegeben, Mevrouw Velsinga öffnet die Tür und wirft Ihnen an den Kopf, Sie hätten das Paket extra nicht angenommen, damit Sie rüberkommen und mit ihrem Mann flirten können."

„Oh", machte Jenny und sah Rainer an, der erschrocken den Mund verzog.

„Oder Sie gießen die Blumen im Vorgarten, und die Velsingas kommen vom Einkaufen zurück. Selbst wenn Sie eine Miene ziehen, als hätten Sie auf eine Zitrone gebissen, können Sie davon ausgehen, dass sie Ihnen unterstellt, absichtlich ausgerechnet jetzt im Garten zu arbeiten, um ihm einen eindeutigen Blick zuzuwerfen. Und wehe, Sie legen sich im Bikini auf den Rasen hinter dem Haus. Oder Sie wagen es, oben ohne da herumzuliegen. Ehe Sie sichs versehen, richtet sie den Gartenschlauch auf Sie, und dann Wasser marsch!"

„Oh, ich glaube, unsere Nachbarn würden uns einen Killer an unsere neue Adresse nachsenden, wenn wir ihnen solche Leute vor die Nase setzen", meinte Rainer kopfschüttelnd.

„Am besten ist es, wenn er auf Dienstreise ist", fuhr sie fort. „Wenn er nicht da ist, verhält seine Frau sich völlig normal. Als wäre sie ein völlig anderer Mensch. Da kann ich sogar in einem knappen Top vor die Tür kommen, um ein Paket anzunehmen, und trotzdem werde ich von ihr freundlich gegrüßt." Sie zuckte mit den Schultern. „Jeder für sich wäre wohl ein idealer Nachbar, aber im Doppelpack sind die zwei ein Albtraum. Na ja, aber wenn sie ja nach einem anderen Haus suchen, werden sie uns vielleicht doch schon bald verlassen."

Jenny nickte lächelnd, während sie daran dachte, dass sie sich unter anderen Umständen in Grund und Boden schämen würde, weil sie dieser Frau und auch allen anderen Nachbarn falsche Hoffnungen machte. Aber auch wenn die Geschichte vom Hausverkauf frei erfunden war, würde Marie Velsinga definitiv nicht mehr in diese Nachbarschaft zurückkehren. Was Victor Velsinga anging, so war das eine ganz andere Sache, denn was aus ihm werden würde, stand noch in den Sternen. Wenn das Märchen vom wieder aktiv gewordenen Zeeland-Ripper außer Kontrolle geriet und das ganze Land nach Velsinga suchte, war er vermutlich seines Lebens nicht mehr sicher. Selbst wenn der Aufruf zurückgezogen wurde und Velsinga für unschuldig erklärt werden sollte, gab es da draußen noch genug Verrückte, die das nicht glauben wollten.

Ohne nachzudenken, sah sie nach links zum Haus der Velsingas, woraufhin die junge Frau sagte: „Keine Sorge. Da ist im Moment niemand. Er ist auf Geschäftsreise in Belgien, und sie ist am ... Ja, am Samstag ist sie mit dem Wagen weggefahren und bislang nicht wiedergekommen."

Das würde sie auch nicht mehr, dachte Jenny, sagte dann aber: „Das hat mit dem Hauskauf nichts zu tun, sondern das ist pure Neugier, aber es kommt ja immer wieder mal vor, dass Menschen selbst genau das tun, was sie anderen zum Vorwurf machen. Macht Mevrouw Velsinga auf Sie den Eindruck, dass sie ihrem Mann treu ist, oder gab es da mal irgendwelche Männergeschichten?"

„Das kann ich nicht sagen, weil wir hier in der Straße nie etwas davon mitbekommen haben, dass irgendwelche fremden Männer sie besucht haben, wenn ihr Mann nicht da war", erwiderte die junge Frau. Das Baby auf ihrem Arm war inzwischen eingeschlafen. „Allerdings ist es in den Sommermonaten kaum möglich, dazu etwas zu sagen. Diese Straße wird von vielen Touristen benutzt, um auf kürzestem Weg von dem großen Parkhaus da hinten zum Strand zu gehen. Da herrscht hier zu viel Trubel. Aber jetzt zum Beispiel fällt jeder Wagen auf, der nicht in die Straße gehört. So wie dieser Kleinbus da drüben, der mit den schwarzen Scheiben. Keiner hier weiß, wo der hingehört, und keiner von uns hat jemanden ein- oder aussteigen sehen. Nach ein paar Stunden kommt ein zweiter Bus, dann fährt der erste weg, der zweite übernimmt den Platz, und dann steht er da. Wenn der heute Abend immer noch da rumsteht, werden wir die Polizei rufen."

Jenny musste sich ein Grinsen verkneifen. „Das würde ich an Ihrer Stelle auch machen", entgegnete sie.

„Das Einzige, was uns aufgefallen ist, um noch mal auf Ihre Frage zurückzukommen, ist eine Situation wie die, die wir jetzt haben: Er fährt für ein paar Tage dienstlich weg, und kurz darauf verlässt sie auch das Haus. Wenn ich zufällig auf der Straße war und sie lief zum Auto, habe ich schon mal beiläufig gefragt, wo es denn hingeht, aber sie hat dann nur ausweichend geantwortet." Die Frau zuckte mit den Schultern. „Vielleicht hatte sie ja einen Liebhaber in der Zeit besucht, aber es kann auch sein, dass sie ihrem Mann hinterhergefahren ist, weil sie wissen wollte, ob er auch da ist, wo er es angegeben hat."

Nachdenklich nickte Jenny, dann bedankte sich für die Auskunft. Auf dem Weg zum Haus links von den Velsingas sagte sie zu Rainer: „Die Truppe, die dieser Hoofdcommissaris Koekamp um sich geschart hat, scheint ja nicht besonders helle zu sein. Commissaris Vandermeer lässt sich von einer offenen Terrassentür täuschen, und bei seinen Überwachern klopft nachher die Polizei an, weil sie so unglaublich diskret sind, dass jeder auf die aufmerksam wird."

„Kein Wunder, dass er in all den Jahren den Ripper nicht geschnappt hat", meinte Rainer.

„Und leider könnte genau das Velsinga zum Verhängnis werden", sagte sie und bog mit ihm beim übernächsten Haus in den Vorgarten ein, wo ihnen ein Rentnerehepaar die Tür öffnete.

Als sie eine Stunde später das Haus von Meneer und Mevrouw van Ark verließen, brummte ihnen beiden der Kopf. Das Rentnerehepaar hatte ihnen unglaublich stark gesüßten Tee serviert und ihnen einige pikante Details aus dem Leben der Velsingas versprochen. Letztlich waren es aber keine pikanten Details, und die Velsingas fanden bloß zweimal Erwähnung, und selbst bei diesen Anekdoten waren sie lediglich Randfiguren. Die van Arks liebten es, zu reden und zu vertrösten, da sie so gut wie jede Frage von Jenny und Rainer mit einem „Dazu komme ich gleich" beantworteten, nur dass sie weder gleich noch später dazu gekommen waren.

„Ich glaube, ich werde die nächsten Wochen nur diese Süße und nichts anderes mehr schmecken", sagte Rainer, als sie vor dem Haus standen und überlegten, wo sie als Nächstes weitermachen sollten.

„Das Gefühl habe ich auch", musste Jenny ihm seufzend beipflichten. „Aber wenn du willst, können wir gleich in der Passage da drüben etwas essen, das gegen diesen unerbittlichen Zuckergeschmack helfen dürfte."

„Glaubst du wirklich, dass es einen leichteren Weg gibt als eine Reinigung meiner Zunge mit einem Sandstrahler?", fragte er und verdrehte die Augen.

Jenny musste lachen. „Ja, das glaube ich. Was meinst du? Bringt es noch was, bei den anderen Häusern zu klingeln und zu fragen?"

„Ich weiß nicht. Der übernächste Nachbar bekommt zwangsläufig weniger mit als der unmittelbare", sagte er. „Die Frau aus dem Haus rechts von den Velsingas hat ja im Wesentlichen seine Darstellung bestätigt, dass seine Frau in einem krankhaften Maß eifersüchtig war. Wenn sie weggefahren ist, sobald er auf Geschäftsreise war, dann hilft uns das nicht weiter. Ab der übernächsten Ecke kennt niemand eine Mevrouw Velsinga, und wenn sie ans andere Ende der Stadt fährt, weil da ihr Geliebter wartet, dann haben wir keine Chance, seinen Namen und seine Adresse zu erfahren."

„Richtig, und nach der Stunde mit den van Arks möchte ich mir nicht noch mehr Geschichten über die Nachbarschaft anhören", stimmte sie ihm zu. „Komm, lass uns was essen gehen."

„Meine Zunge lebt ja noch", sagte Rainer begeistert, als er den ersten Löffel Chilinudeln im Mund hatte. Für einen Moment machte er die Augen zu, um das Gefühl von Schärfe zu genießen, das sich den Weg durch den Zuckerguss auf seiner Zunge bahnte.

„Ich habe dir doch gesagt, dass der Laden gut ist", erwiderte Jenny und ließ den Chilireis, für den sie sich entschieden hatte, einfach auf der Zunge liegen, damit er einwirken konnte.

Sie standen an einem der Handvoll Stehtische, die zu einem Asia-Imbiss gehörten, der zwar in dem Supermarkt nur eine kleine Ecke beanspruchte, dafür aber eine enorme Auswahl an Gerichten im Angebot hatte.

„Ich frage mich“, sagte Rainer, nachdem er geschluckt hatte, „wie die van Arks es hinbekommen haben, eine solche Menge Zucker in diesen kleinen Teetassen aufzulösen, ohne dass sich der Tee in einen dickflüssigen Sirup verwandelt.“

„Wenigstens sorgen sie dafür, dass der Pro-Kopf-Verbrauch beim Würfelzucker immer schön hoch bleibt“, gab sie amüsiert zurück, dann wurde sie ernst und redete weiter: „Was hältst du eigentlich davon, dass Velsinga nichts davon gesagt hat, dass er seiner Frau eine Geschäftsreise nach Belgien aufgetischt hat?“

Rainer zuckte unschlüssig mit den Schultern. „Vielleicht hielt er es nicht für wichtig, was er ihr gesagt hatte. Es ist ja für uns nicht von Bedeutung, was er ihr gesagt oder nicht gesagt hat, richtig?“

„Doch, es ist von Bedeutung, weil seine Frau nämlich die Adresse meiner Pension in der Tasche hatte“, widersprach sie ihm. „Wäre sie ihm einfach hinterhergefahren, dann wäre sie zwar in Zuiderdijk gelandet, und sie hätte ihn auch in meine Pension gehen sehen. Aber dann hätte sie doch nicht diesen Zettel in der Tasche gehabt.“

„Oh, das stimmt“, musste Rainer einräumen. „Das würde ja bedeuten, dass er am Freitag oder Donnerstag abgefahren ist, aber sie musste ihn nicht verfolgen, weil sie von irgendwem erfahren hatte, wohin er tatsächlich fährt.“

„Aber wer soll ihr das gesagt haben?“ Sie schüttelte nachdenklich den Kopf. „Vielleicht ihr Mörder? Weil er wusste, wenn er diese Information zuspielt, wird sie sich sofort auf den Weg machen, um ihrem Mann nachzuspionieren?“

„Ihr Mann", sagte er leise.

„Was ist mit ihrem Mann?", fragte sie irritiert.

„Ihr Mann engagiert einen Killer, sagt zu seiner Frau, dass er nach Belgien fährt. Dann teilt er dem Killer mit, dass der seiner Frau deine Adresse weitergibt. Er verspricht ihr wichtiges Beweismaterial für die Untreue ihres Manns, sie macht sich auf den Weg hierher. Sie erscheint am Treffpunkt in der Nacht an der Kirche. Er erwartet sie, und anstatt ihr irgendwelche Informationen zu geben, stößt er ihr das Messer ins Herz." Er verzog den Mund. „Auftrag ausgeführt, Zielperson tot, Ehemann hat mit seinem Online-Sprachkurs ein Alibi, und er hat den Mord ja tatsächlich selbst nicht begangen."

„Hm", machte Jenny. „Das ist gar keine so abwegige Konstruktion. Wenn der Mörder nicht gefasst wird, kann er auch nicht gegen ihn aussagen. Velsinga kann im Darkweb einen Killer angeheuert haben, mit dem zusammen er einen Plan entwickelt hat, wie er seine Frau am besten ins Jenseits befördern kann."

„Die Frage ist aber, warum er sich einen Plan überlegt, der ihn selbst zum Verdächtigen macht", überlegte er. „Oder war das Absicht, weil jeder sagen würde, dass Velsinga nicht so dumm sein kann, einen Killer zu beauftragen, der seine Frau gleich nebenan ermordet?"

„Das ist möglich", meinte sie. „Ich möchte gar nicht wissen, wie viele Täter auf diese Weise ungeschoren davongekommen sind. Hm ... Müsste ein Computerexperte nicht in der Lage sein, auf Velsingas Laptop Beweise dafür zu finden, dass er einen Killer beauftragt hat? Irgendwelche Mails? Links, die ins Darkweb führen?"

„Nicht unbedingt“, sagte Rainer. „Wenn Velsinga sich ein Tablet zugelegt hat und mit einer Prepaidkarte ins Internet gegangen ist, um das alles einzurichten, was er für diesen Auftrag gebraucht hat, dann ist auf seinem Laptop nichts zu finden. Und wenn er dann noch das Tablet nach Erteilung des Auftrags in seine Einzelteile zerlegt und ins Recycling gegeben hat, dann lässt sich ihm nichts nachweisen, fürchte ich.“

„Und solange er behauptet, sich mit Computern gerade eben so auszukennen, dass es für die Arbeit reicht“, fügte Jenny hinzu, „und dass er keine Ahnung hat, wie er ins Darknet gelangen und einen Killer finden soll, kommen wir nicht weiter.“

Rainer schüttelte den Kopf. „Da kommen wir tatsächlich nicht weiter. Aber das heißt nicht, dass wir ihn nicht auch mit dieser Theorie konfrontieren können. Vielleicht hilft ja ein Bluff.“

„Was schwebt dir vor?“

„Keine Ahnung“, antwortete er und schob die Schüssel zur Seite, da er seine Nudeln aufgegessen hatte. „Ich ... Oh“, unterbrach er sich selbst und zeigte auf die Monitorwand gegenüber der Theke, auf der zuvor irgendein Radrennen ohne Ton übertragen worden war. Er konnte nicht sagen, ob die Sportsendung für die Nachrichten unterbrochen worden war oder ob jemand auf einen anderen Sender umgeschaltet hatte. Auf jeden Fall war nun eine Nachrichtensprecherin zu sehen, neben der ein Foto eingeblendet worden war – ein Foto, das Victor Velsinga zeigte. In einem Laufband am unteren Bildrand lief der Text „Zeeland-Killer schlägt wieder zu – Identität des Täters bekannt – Täter auf der Flucht“.

„Dieser Koekamp hat sie doch nicht alle“, fauchte Jenny, als sie das Foto sah und den Text las. „Wie kann er behaupten, dass der Mord an Mevrouw Velsinga ein Werk des Zeeland-Rippers ist? Das ist doch eine ganz andere Vorgehensweise!“

„Du hast ja gehört, was deine Freundin von der Polizei über ihn gesagt hat“, erwiderte Rainer. „Der Kerl braucht die Öffentlichkeit, und jetzt will er auch den Beweis erbringen, wie gut er ist ... indem er den Falschen zum Zeeland-Ripper erklärt.“

„Das wird ...“, begann Jenny, wurde aber vom Klingeln ihres Telefons unterbrochen. „Das ist Ilse.“ Sie nahm den Anruf an, aber noch bevor sie sich melden konnte, sagte die Polizistin: „Schalten Sie die Nachrichten ein.“

„Wir sehen hier gerade Nachrichten“, sagte sie. „Zwar ohne Ton, aber das Laufband reicht uns auch schon.“

„Ist Velsinga noch bei Ihnen?“, fragte sie.

„Nein.“

„Gut. Es könnte nämlich sein, dass Koekamp Ihre Pension auf den Kopf stellen will“, sagte Ilse.

„Haben Sie irgendwas in der Richtung gehört?“, wollte Jenny wissen. Es würde ihr gar nicht gefallen, wenn die Polizei das ganze Haus durchsuchen würde. Es gab zwar nichts zu verbergen – jedenfalls jetzt nicht mehr –, aber Polizisten richteten bei Durchsuchungen gern ein mittleres Chaos an, für das sie sich bei erfolgloser Suche weder entschuldigten noch irgendwelche Anstalten machten, die ursprüngliche Ordnung wiederherzustellen.

„Nein, auch nicht über meine Kontakte“, antwortete die Polizistin. „Aber es wäre möglich, dass ihm irgendwann auffällt, wie dumm sich Vandermeer angestellt hat, und ihm der Gedanke kommt, Velsinga könnte das Haus nie verlassen haben."

„Okay, wenn das passiert, dann muss ich damit leben", sagte sie. „Hauptsache, Koekamp wird nicht fündig."

„Und? Haben Sie schon irgendetwas erreicht?", fragte Ilse.

„Nicht viel. Die Nachbarn konnten Velsingas Aussage bestätigen, dass seine Frau extrem eifersüchtig war", berichtete Jenny. „Und offenbar hat er ihr gesagt, dass er dienstlich nach Belgien muss."

„Wie? Und dann taucht sie bei Ihnen im Dorf auf?"

Nach kurzem Zögern entschied sie sich, der Polizistin von der Theorie zu erzählen, die sie und Rainer sich überlegt hatten.

„Dass er ihr einen Killer auf den Hals gehetzt hat, ist durchaus möglich", sagte Ilse schließlich. „Es war auf jeden Fall ein Profi am Werk. Er wusste, wie er die Klinge ansetzen musste, um Mevrouw Velsinga mit Sicherheit zu töten. Ein Rettungswagen hätte ihr nicht mal dann noch etwas genützt, wenn der im Augenblick der Tat neben ihr gestanden hat. Und natürlich finden sich keinerlei Spuren an der Tatwaffe."

„Interessant", sagte Jenny. „Wir werden Velsinga auf den Zahn fühlen, warum er seiner Frau erzählt, dass er nach Belgien muss. Und ich denke, ich werde ihn einfach mal mit der Killer-Theorie konfrontieren. Oder haben Sie Einwände, Ilse?"

„Keine Einwände. Ich würde ihn das ja auch fragen, aber wenn sich anschließend herausstellt, dass ich irgendwo in Erscheinung getreten bin, dann bekomme ich richtigen Ärger“, erwiderte die Polizistin. „Wer zuerst etwas Neues erfährt, meldet sich.“

„So machen wir das“, bestätigte Jenny, verabschiedete sich und beendete das Gespräch.

„Und?“, fragte Rainer.

„Wir werden Meneer Velsinga mit den Fakten und Vermutungen konfrontieren, und dann sehen wir weiter. Seine Frau wurde von einem Profi umgebracht“, berichtete sie.

„Hmm“, machte er. „Ich bin kein Experte für Profikiller, aber meistens sind das doch Leute, die sich mit Gewehr und Zielfernrohr auf ein Dach legen und von da aus jemanden erschießen, der drei Querstraßen weiter an der roten Ampel steht. Ich kann mir nicht vorstellen, dass Nahkampf deren Sache ist.“

„Und wessen Sache ist es dann?“

„Angehörige von Spezialeinheiten, Söldner und so weiter. Leute, die in die gegnerische Kommandozentrale eindringen und dabei möglichst lautlos vorgehen müssen, damit der nächste Wachposten nicht vorgewarnt wird. Solche Leute üben das Töten mit Messern, und jemand von diesem Schlag dürfte auch Velsingas Frau auf dem Gewissen haben“, sagte er.

„Tja“, murmelte Jenny. „Das würde zwar bedeuten, dass wir in einem anderen Personenkreis suchen müssten, aber solange wir nicht wissen, wo wir überhaupt mit der Suche anfangen sollen, hilft es nicht weiter.“ Sie zog ihr Handy noch einmal aus der Tasche und schrieb eine SMS. „Ich lasse Ilse wissen, dass der Täter ein Söldner oder so sein könnte. Vielleicht bringt sie das ja auf eine Idee und sie sucht nach ähnlichen Morden.“

Sie brachten ihr benutztes Geschirr zur Ablage und verließen den Imbiss.

„Du willst doch sicher gleich mit Velsinga reden, oder?“, fragte Rainer, als sie in dem langen Gang standen, dessen linkes Ende in einer Ladenpassage mündete, während sich rechts von ihnen der Ausgang befand.

„Ja, das hatte ich vor“, sagte sie. „Ich nehme an, du willst mitkommen und dir anhören, was er zu sagen hat.“

„Würde ich gern, aber ich frage mich, ob es sinnvoll ist, dass du bei Babette vor dem Haus parkst, um mit Velsinga zu reden“, redete er weiter. „Wenn die Polizei deine Pension beobachtet, weil man annimmt, dass Velsinga dort noch mal auftaucht oder das Haus vielleicht nie verlassen hat, wäre es doch nicht abwegig, dass man auch darauf achtet, wohin du fährst. Erst recht jetzt, nachdem wir hier vor Velsingas Haus aufgetaucht sind. Auch wenn wir nicht versucht haben, bei Velsinga einzusteigen, um uns da umzusehen, würde ich schon davon ausgehen, dass die uns fotografiert und die Fotos an Koekamps Leute geschickt haben.“

„Du meinst, ich würde Koekamps Beobachter nur unnötig auf Babette aufmerksam machen, wenn ich nach unserer Rückkehr bei ihr vorbeischaue?“ Sie nickte nachdenklich, schließlich sagte sie: „Ja, da ist was dran. Aber wie soll ich sonst mit Velsinga reden? Telefonisch will ich das nicht machen, weil ich seine Reaktionen sehen muss.“

„Sieh mal das Geschäft da drüben“, erwiderte Rainer und schien das Thema zu wechseln. „Das sind ja gigantische Rollkoffer.“

6. Kapitel

„Ich glaube, ich werde nie wieder einen Koffer so vollpacken, wie ich es bislang gemacht habe“, keuchte Jenny, nachdem sie den Reißverschluss aufgezogen und den Deckel des Koffers von innen aufgestoßen hatte. „Da bekommt meine Kleidung ja Panik!“ Sie kletterte aus dem Koffer und stand mitten in Babettes Wohnzimmer.

Babette musste lachen und drückte sie an sich. „Aber es war doch eine gute Idee von Rainer, dich in einen Koffer zu stecken, um dich unbemerkt ins Haus bringen zu können.“

„Ja, aber ich frage mich, ob er die Idee dann auch noch so gut gefunden hätte, wenn ich darauf bestanden hätte, dass er in einem zweiten Koffer mitkommt“, gab Jenny zurück und zog das Sweatshirt glatt, dann sah sie auf die Uhr. „Huch? Erst fünf nach fünf? In dem Koffer war es mir wie eine Ewigkeit vorgekommen. Okay, lass uns trotzdem keine Zeit verlieren. Wo ist Velsinga?“

„Im ersten Stock im Gästezimmer“, sagte Babette und ging nach oben.

Dem Haus war anzumerken, dass es erst vor Kurzem errichtet worden war, da sich die Architekten von den üblichen schmalen und steilen Treppen verabschiedet hatten. Jenny war zwar von Kindheit an die alten, platzsparenden Treppen gewohnt – in der Pension ihrer Eltern in Westkapelle genauso wie in ihrer eigenen Pension –, aber sie musste gleich zugeben, dass sie sich auf diesen Stufen hier viel sicherer fühlte, auch wenn ihr noch nie etwas passiert war.

Babette klopfte an der ersten Tür links an und öffnete sie. Sie ließ Jenny passieren, die Velsinga zunickte.

„Mevrouw van Oosterburg!", rief er erfreut, stand von der Bettkante auf, auf der er gesessen hatte, und machte den Fernseher aus. Das Gästezimmer war schlicht, aber zweckmäßig eingerichtet, zudem hatte Babette es geschmackvoll mit maritimem Dekor und Bildern von Leuchttürmen und Sonnenuntergängen geschmückt, sodass man sich hier wohlfühlen konnte. „Ich freue mich, Sie zu sehen. Haben Sie Neuigkeiten? Außer der, dass ich zum Zeeland-Ripper mutiert bin und reihenweise Frauen auf dem Gewissen habe, meine ich."

Jenny setzte sich auf einen der beiden Stühle am kleinen Ecktisch und sah verwundert zu ihrer Freundin, die unschlüssig in der Tür stand. „Babette?"

„Ähm ... soll ich gehen oder kann ich zuhören?", fragte sie zögerlich.

„Natürlich kannst du zuhören", sagte Jenny und hätte fast den Kopf geschüttelt. „Erstens ist das hier dein Haus, und zweitens hast du von Anfang an alles mitbekommen. Warum sollte einer von uns jetzt sagen, dass du die Tür von außen zumachen sollst?"

„Okay", erwiderte sie lächelnd und nahm auf dem anderen Stuhl Platz.

„Also, Meneer Velsinga“, begann Jenny zu berichten. „Wir haben mit Ihren Nachbarn in Den Haag gesprochen ...“

„Hoffentlich haben Sie bei den van Arks keinen Tee getrunken“, murmelte er.

„Leider doch“, sagte sie und gab ihrer Freundin zu verstehen, dass sie ihr das später noch erklären würde. „Aber wir haben auch mit der jungen Frau rechts von Ihren gesprochen. Die mit dem Baby.“

Velsinga verdrehte die Augen. „Ann Vinksters. Die hat sich zeitweise gewünscht, sie wäre besser nicht schwanger geworden.“

„Warum denn das?“

„Weil meine Frau nicht nur mir alle paar Tage vorgerechnet hat, wie lange es noch dauern wird, bis sie ihr Kind zur Welt bringt und wir dann endlich herausfinden werden, wie viel Ähnlichkeit es mit mir hat ...“

„Weil Sie natürlich eine Affäre mit Ann hatten“, folgerte Jenny.

„Mindestens eine, vielleicht sogar zwei oder drei“, erwiderte er spöttisch. „Und Ann bekam das auch immer wieder zu hören. Zwar nicht so oft wie ich, aber in jedem Fall viel zu oft.“

Jenny nickte. „Ann konnte die Eifersucht Ihrer Frau bestätigen, und die van Arks ebenfalls, wenn es uns zwischendurch mal gelang, auch zu Wort zu kommen.“

„Was bei den beiden nicht einfach ist“, bestätigte er. „Aber Sie haben nicht zufällig einen Hinweis auf den Mörder meiner Frau bekommen? Irgendeine Beobachtung? Jemand, der ihr gefolgt ist?“

„Nein, aber wir haben eine interessante Auskunft erhalten, nämlich dass Sie Ihrer Frau gesagt haben, Sie würden dienstlich nach Belgien reisen. Wir sind hier aber nicht in Belgien. Warum haben Sie Ihrer Frau nicht gesagt, dass Sie hierherfahren?"

Velsinga zuckte mit den Schultern. „Nach Belgien muss ich hin und wieder tatsächlich aus dienstlichen Gründen fahren, aber hier bin ich nie beruflich unterwegs, weil in Zeeland keiner unserer Geschäftspartner vertreten ist. Dieser Japanisch-Kurs sollte eine Überraschung für meine Frau werden, wie ich Ihnen ja bereits gesagt hatte. Ich wollte hier ungestört so viele Lektionen wie möglich absolvieren." Er verzog den Mund. „Allerdings hätte ich wissen müssen, dass das ohnehin nichts werden würde. Ich kann mir gut vorstellen, wie meine Frau mir mitten in Tokio unterstellt hätte, seit Jahren ein Verhältnis mit irgendeiner Japanerin zu haben, da ich ja sonst die Sprache unmöglich so gut beherrschen könnte. Der Kochkurs hätte mir eine Lehre sein sollen."

„Kochkurs?", warf Jenny irritiert ein. „Was für ein Kochkurs?"

Der Mann winkte frustriert ab. „Meine Frau war süchtig nach diesen Kochshows im Fernsehen, und jedes Mal, wenn ein Mann am Herd stand, bekam ich zu hören: ‚Ach, könntest du doch auch so gut kochen.' Irgendwann hatte ich von diesem Spruch genug und beschloss, an einem Kochkurs teilzunehmen, um ihr zu zeigen, dass ich das auch kann. Der Kurs fand in einem Hotel in Delft statt, zweimal in der Woche musste ich da hin. Um nichts verraten zu müssen, konnte ich einen Kollegen überreden, ebenfalls mitzumachen, der mich zu jedem zweiten Termin von zu Hause abholte. Dadurch war meine Behauptung untermauert, dass es sich um eine berufliche Fortbildungsmaßnahme handelt. Trotzdem glaubte sie mir nicht, sondern ging wohl davon aus, dass mein Kollege und ich zweimal in der Woche im Rotlichtviertel in irgendwelche Bars gingen. Sie muss uns wohl an mehreren Tagen gefolgt sein, aber dann hat sie uns aus den Augen verloren, was in der Stadt schnell passiert. Da muss nur ein Fußgänger auf die Fahrbahn laufen, sie muss anhalten und verpasst die nächste grüne Ampel, und schon sind wir spurlos verschwunden."

„Aber dann hat sie es doch geschafft?", fragte Babette und wirkte ein wenig nervös.

„Ja, und dann gab es eine Szene, die sich darum drehte, dass ich offenbar Kochen lernen will, weil ich vorhabe, sie zu verlassen, und ich ansonsten ja nicht mal Wasser kochen könne", antwortete er. „Die anderen Teilnehmer fanden das alle sehr lustig, was für mich Grund genug war, den Kurs abzubrechen. Mein Kollege fand den Auftritt meiner Frau sehr peinlich und hat aus Mitgefühl ebenfalls den Kurs beendet."

„Und dann haben Sie beschlossen, einen Killer anzuheuern, der Ihre Frau umbringt", sagte Jenny in einem energischen Tonfall, der nicht nur Velsinga, sondern auch Babette zusammenzucken ließ. „Sie haben ihn beauftragt, Ihre Frau unter einem Vorwand in eine Falle zu locken und sie dann zu töten."

Velsinga sah sie mit aufgerissenen Augen an, schluckte und schnappte nach Luft, versuchte etwas zu erwidern, aber kam über den Versuch nicht hinaus, da seine Stimme versagte.

„Was redest du denn da?", fragte Babette erschrocken.

„Ich sage es, wie es ist“, redete Jenny in dem Tonfall weiter, der jedes Wort wie eine unumstößliche Tatsache klingen lassen sollte. „Seine Frau ist ihm ja nicht am Tag seiner Abreise gefolgt, sondern erst einen Tag später, nachdem ihr jemand die Adresse zugespielt hatte, wo er in Wahrheit anzutreffen war: in meiner Pension. Und dann hat er den Killer seinen Auftrag erledigen lassen, während er in seinen Japanisch-Kurs vertieft war, der das perfekte Alibi darstellt. War es nicht so, Meneer Velsinga?“

Velsinga saß da und schnappte nach Luft, sein Kopf wurde rot, und er sprang vom Bett auf. „Was bilden Sie sich ein? Für wen halten Sie sich, dass Sie mir etwas so Ungeheuerliches unterstellen?“, brüllte er sie an. „Ich habe meine Frau geliebt, auch wenn Sie das wohl nicht verstehen. Ja, meine Frau hat mich mit ihrer Eifersucht oft in den Wahnsinn getrieben! Aber niemals könnte das für mich ein Grund sein, meine Frau umzubringen! Oder umbringen zu lassen! Wenn sie mich mit ihrer Eifersucht dazu gebracht hätte, dass ich sie nicht mehr liebe, dann hätte ich mich von ihr getrennt. Ich weiß nicht, in welcher Welt Sie leben, Mevrouw van Oosterburg, aber in meiner Welt bringt man den Ehepartner nicht um, wenn man genug von ihm hat! Wenn Sie so denken, dann sollten Sie mir verraten, wie Ihr Mann oder Ihr Verlobter oder Ihr Zukünftiger heißt, damit ich ihn vor Ihnen warnen kann, dass er in drei oder vier Jahren von Ihnen ermordet wird! Ich dachte, Sie sind auf meiner Seite und wollen mir helfen, den Tod an meiner Frau aufzuklären, und jetzt setzen Sie sich da hin, unterhalten sich mit mir und aus heiterem Himmel bin ich der Schurke? Ich verzichte auf Ihre Hilfe und werde mich der Polizei stellen, auch wenn die mich für den Zeeland-Ripper hält! Aber das ist wenigstens nur lächerlich und absurd, während Sie ... Sie ... Oh, Sie machen mich so wütend, dass ich gar nicht weiß, wie ich so jemanden wie Sie bezeichnen soll!"

Jenny stand ebenfalls auf und legte beschwichtigend eine Hand auf seinen Arm, die er sofort abschütteln wollte. „Danke. Ihre Empörung nehme ich Ihnen ab, Meneer Velsinga", sagte sie und lächelte ihn an. „Es tut mir leid, dass ich Ihnen den Mord an Ihrer Frau unterstellt habe. Aber das musste sein, weil ich Sie zu dieser Reaktion provozieren wollte. Ich denke, jeder kann in einem gewissen Rahmen schauspielern, und wenn ich Ihnen unsere Theorie ruhig und sachlich vorgetragen hätte, dann hätten Sie genauso ruhig und sachlich geantwortet, auch wenn Sie tatsächlich einen Auftragsmörder engagiert hätten. Solange einem die eigenen Gefühle nicht in den Weg kommen, kann man Anspielungen und Vorwürfe gut einstecken."

Velsinga atmete tief durch und sah sie mit einer Mischung aus Verärgerung und Bewunderung an. „Das war jetzt wirklich heftig, was Sie mir gerade an den Kopf geworfen haben."

„Ich weiß, aber das würde die Polizei nicht anders machen", sagte sie. „Das hatten wir in dieser Art schon einmal, als wir in meiner Pension darüber gesprochen hatten, was die Polizei tun würde, wenn Sie sich gestellt hätten."

„Ja, ich erinnere mich", sagte er und klang schon wieder ruhig. „Sie waren sehr überzeugend. Erschreckend überzeugend."

„Danke für das Kompliment“, gab sie zurück. „Ich bin nach wie vor von Ihrer Unschuld überzeugt. Trotzdem gibt es da diese eine Sache, die mir keine Ruhe lässt: Woher wusste Ihre Frau, dass Sie hier sind, wenn sie erst einen Tag später losgefahren ist? Wer hat ihr die Adresse gegeben, die sie bei sich trug?“

Velsinga schüttelte den Kopf. „Ich habe keine Erklärung dafür. Es ergibt für mich auch keinen Sinn, weil es niemand wissen konnte. Ich habe das Zimmer über Ihre Website reserviert, die Bestätigungsmail habe ich ausgedruckt und gelöscht, den Ausdruck habe ich in meinem Wagen versteckt, damit meine Frau nicht zufällig darauf aufmerksam wird. Ich habe mit niemandem darüber gesprochen, und offiziell habe ich mich ja auf den Weg nach Belgien gemacht.“

„Wenn der Mann Ihre Frau hierher nach Zuiderdijk lockt, indem er ihr die Adresse der Pension zuspielt“, warf Babette ein, „muss es ihm doch darum gegangen sein, Ihnen den Mord anzuhängen. Wenn er von diesem Japanisch-Kurs nichts wusste, wovon man ja eigentlich ausgehen kann, hat er doch angenommen, dass Sie kein Alibi für die Mordnacht haben werden. Die Polizei würde denken, Sie haben sie umgebracht, weil sie plötzlich hier in Zuiderdijk aufgetaucht ist, um Ihnen die üblichen Vorwürfe zu machen. Sie sind einfach ausgerastet, weil Sie es nicht mehr ausgehalten haben.“

Jenny nickte nachdenklich. „Das würde einen Sinn ergeben. Der Mörder muss zwar einen Grund haben, warum er Ihnen einen Mord anhängen will, aber so würde ihm sein Vorhaben gelingen. Wenn er es also auf Sie abgesehen hatte, kann es sein, dass er Ihnen am

Freitag hinterhergefahren ist, um zu sehen, was Ihr tatsächliches Fahrtziel ist. Das würde auch erklären, wieso Ihre Frau die Adresse hatte. Er hat sie ihr gegeben, weil er gesehen hat, wie Sie mit Ihrem Gepäck meine Pension betreten haben. Möglicherweise hat der Täter ja sogar den Behauptungen Ihrer Frau geglaubt und gedacht, dass Sie mit Ihrer Geliebten in meiner Pension abgestiegen sind", fuhr Jenny nach einer kurzen Pause fort. „Das hätte Sie in eine noch schwierigere Lage gebracht, denn dann wäre ausgerechnet Ihre Geliebte die Einzige gewesen, die hätte bestätigen können, dass Sie das Zimmer die ganze Nacht hindurch nicht verlassen haben." Sie verzog den Mund. „Wie glaubwürdig das gewesen wäre, kann sich wohl jeder denken."

„Da möchte man seine Ehefrau überraschen", murmelte Velsinga und ließ sich auf die Bettkante sinken, „und am Ende wird man als Mörder ins Gefängnis gesteckt."

„Das ist zwar alles sehr unerfreulich, aber wenn es dem Mörder darum ging, Ihnen zu schaden, Meneer Velsinga", sagte Jenny, „können wir den Kreis der Verdächtigen vielleicht etwas enger ziehen."

„Und wie?", fragte er.

„Indem Sie überlegen, wer profitieren könnte, wenn Sie wegen Mordes für viele Jahre hinter Gitter wandern", sagte sie. „Hat es jemand auf Ihr Haus abgesehen? Auf Ihren Job? Auf irgendetwas Kostbares oder Seltenes? Sind Sie irgendwem bei irgendetwas im Weg?"

Velsinga lachte auf. „Das ist eine gute Frage. Die Antwort wird wohl nur derjenige kennen, dem ich im Weg bin."

„Was ist mit Ihren Nachbarn?", fragte Jenny als Nächstes. „Wie lange ertragen die jetzt schon die Eifersucht Ihrer Frau?"

„Ungefähr ... fünfzehn Jahre."

„Es sind schon Nachbarn aus viel geringfügigeren Anlässen ermordet worden", meinte Babette.

„Ich habe in all den Jahren niemanden erlebt, der mich gefragt hat, wann wir denn endlich ausziehen", sagte Velsinga. „Wir sind eigentlich gut mit allen Nachbarn ausgekommen, wenn man davon absieht, dass immer mal jemand Ziel eines Eifersuchtsanfalls meiner Frau wurde."

„Womöglich haben Ihre Nachbarn ja damit gerechnet, dass Sie irgendwann genug von ihrem Verhalten haben und sich von ihr trennen", gab Jenny zu bedenken. „Vielleicht haben sie sich ja eine Art Orient-Express-Lösung für das Problem überlegt, als es nicht mehr danach aussah, dass sich ihr Wunsch erfüllen würde."

Velsinga sah sie fragend an. „Eine Orient-Express-Lösung?"

„Jeder in Ihrer Straße spendet ein paar Euro, um einen Killer zu bezahlen und um den Verdacht auf Sie zu lenken", erklärte sie. „Alle stecken mit drin, niemand sagt ein Wort, und ihr Ziel haben sie erreicht. Selbst wenn Sie nicht als Mörder verurteilt und ins Gefängnis gesteckt werden sollten, ist man Ihre Frau los, da sie die Unruhe in der Straße verursacht hat. Jeder von ihnen ist ein bisschen schuld, aber keiner wird zur Rechenschaft gezogen."

Er rieb sich übers Gesicht und seufzte frustriert. „Ich bin doch so oder so der Dumme. Ob nun die ganze Nachbarschaft zusammengelegt oder ob jemand ganz allein einen Killer engagiert hat, ist doch völlig egal, solange niemandem nachgewiesen wird, dass er meine Frau umgebracht hat oder jemandem den Auftrag gegeben hat. Die Polizei wird letztlich so argumentieren, wie Sie es vorhin gemacht haben, als Sie mich provozieren wollten. Ich kann den Killer engagiert haben, auch wenn ich nicht weiß, wie man so was anstellt. Ich weiß nicht, wie ich ins Darkweb komme und wie ich da einen Killer finde."

Velsinga fuchtelte mit den Händen. „Ich weiß nicht mal, was man einem Auftragsmörder bezahlt, damit er jemanden umbringt. Und wie man ihn bezahlt. Per Überweisung? Schicke ich ihm einen Scheck? Oder Bargeld in einem Umschlag?"

Er zuckte mit den Schultern und fuhr fort: „Und woher weiß ich, dass er den Auftrag ausführt? Ich gebe einem Fremden, dessen Namen und Anschrift ich nicht kenne, dreitausend oder zehntausend Euro oder wie viel auch immer, und dann setzt er sich mit meinem Geld ab, ohne seinen Auftrag zu erledigen? Ich bin mein Geld los, und die ungeliebte Ehefrau habe ich immer noch am Hals und muss ihr dann auch noch erklären, was mit unseren Ersparnissen passiert ist? Und wenn alles nach Plan läuft, soll ich die Ruhe bewahren, wenn die Polizei kommt und mir Fragen stellt? Ich werde ja schon nervös, wenn mich eine Streife zur Kontrolle rauswinkt und ich nicht weiß, ob ich zu schnell gefahren bin oder eine rote Ampel übersehen habe. Und dann soll ich gelassen bleiben? Wenn ich Pech habe, werde ich von einem Columbo-Verschnitt befragt, der mich mit seinen Fragen so verwirrt, dass ich am Ende alles Mögliche gestehe, nur damit er aufhört zu reden."

„Meneer Velsinga, an diesem Punkt sind wir noch nicht", versuchte Jenny ihn zu beruhigen. „Wir werden überlegen, wie wir vorgehen können, um dem Auftraggeber dieses Mords auf die Spur zu kommen. Das Ärgerliche ist, dass die Polizei Sie zum Zeeland-Ripper erklärt hat und jetzt überall nach Ihnen fahndet, anstatt nach dem Mörder Ihrer Frau zu suchen. Haben Sie eigentlich einen Anwalt?"

„Ich? Warum sollte ich einen Anwalt haben?", gab er zurück.

„Hätte doch sein können", erwiderte Jenny. „Wenn Sie einverstanden sind, rufe ich einen Anwalt an, der sich hin und wieder für ein paar Tage bei uns einquartiert. Er hat mir auch schon zwei- oder dreimal geholfen. Das war zwar nur Vertragsrecht, aber wenn er sich für Ihren Fall nicht für qualifiziert genug hält, kann er auf jeden Fall einen Kollegen empfehlen, mit dem wir reden können."

„Damit bin ich sogar sehr einverstanden", sagte Velsinga und klang unüberhörbar erleichtert. „Vielen Dank, Mevrouw van Oosterburg. Aber wenn Sie mit ihm reden, dann sagen Sie ihm bitte auch, dass er mir nicht raten soll, aus freien Stücken zur Polizei zu gehen. Das werde ich nicht machen, solange mich das ganze Land für den Zeeland-Ripper hält."

„Ich werde es ihm so weitergeben“, versicherte sie ihm. „Ich kann Ihnen aber nicht versprechen, dass er sich darauf einlassen wird.“ Sie sah ihn lange an, dann nickte sie. „Das wird schon werden.“

„Machen Sie mir keine Hoffnungen, die ich mir nicht selbst machen würde“, entgegnete er mit einem betrübten Lächeln auf den Lippen.

„Wenigstens einer sollte das aber machen“, sagte sie, zwinkerte ihm zu und verabschiedete sich.

Sie verließ das Gästezimmer, während Babette noch mit Velsinga darüber redete, was er zu Abend essen wollte. Dann folgte sie ihr nach unten ins Erdgeschoss.

„Ich würde dich ja gern nach Hause fahren“, sagte Babette. „Aber mein Schatz kommt erst frühestens in einer halben Stunde nach Hause, und ich möchte nicht noch mal wegfahren, wenn im Gästezimmer das Licht brennt.“ Sie zuckte mit den Schultern. „Das klingt bestimmt ein bisschen paranoid, aber ich möchte vermeiden, dass mir morgen im Supermarkt meine neugierige Nachbarin von gegenüber über den Weg läuft und mich fragt, wer denn bei uns zu Gast ist, weil doch das Licht im Gästezimmer an war und da jemand hin und her gelaufen ist.“ Dabei ahmte sie die schrille Stimme und die hastige Art zu reden der besagten Nachbarin nach.

Jenny musste grinsen, als sie ihre Freundin so reden hörte. „Das ist nicht paranoid“, beruhigte sie sie. „Hier steht viel auf dem Spiel, da können wir nicht vorsichtig genug sein. Immerhin droht uns auch eine Menge Ärger, wenn herauskommt, dass wir einen mutmaßlichen Mörder oder sogar den Zeeland-Ripper bei uns versteckt haben, um ihn vor der Polizei zu schützen.“

„O Gott, daran will ich lieber gar nicht denken", stöhnte Babette auf.

„Dann tu es auch nicht", meinte Jenny mit einem Augenzwinkern und sah auf die Uhr. „Schon halb sieben. Ein Glück, dass ich fähiges Personal habe, das die Pension auch mal ein paar Stunden ohne mich am Laufen halten kann, ohne mich alle fünf Minuten anzurufen und nach diesem und jenem zu fragen."

„Tja, sonst könntest du dir dein zweites Standbein als zeeländische Miss Marple gar nicht leisten", sagte ihre Freundin. „Soll ich Rainer anrufen, damit er dich abholen kommt?"

„Wieso? Ich bin doch mit meinem Rollkoffer hier, da kann ich bequem nach Hause fahren."

„Das könntest du vielleicht, wenn das Ding Pedale hätte", sagte Babette, die sich mit einem breiten Grinsen vorstellte, wie sich Jenny auf den Koffer setzte und durch die Straßen von Zuiderdijk sauste.

„Stimmt. Aber du musst nicht anrufen, ich mache das schon", wehrte Jenny ab, holte das Smartphone aus der Tasche und schickte Rainer eine SMS mit dem Text

Taxi bitte

„Und jetzt kannst du mir helfen, den Koffer zuzumachen, wenn ich wieder reingeklettert bin."

„Gerne. Aber hältst du das um diese Uhrzeit noch für nötig? Es ist doch schon wieder stockfinster", wandte Babette ein.

„Es wäre nicht unbedingt nötig, aber sollten Koekamps Leute ordentlich arbeiten, dann würde denen auffallen, dass ich nur einmal weggegangen, aber zweimal zurückgekommen bin", erklärte sie. „Wenn ich im Koffer aus dem Haus gehe, sollte ich auch wieder im Koffer heimkehren."

„Wie du willst", sagte Babette. „Dann werden wir jetzt wieder Handgepäck aus dir machen."

7. Kapitel

10 Uhr Deichkrone?

Jenny stutzte, als sie am nächsten Morgen diese SMS von Commissaris Ilse Ruijters erhielt.

Obwohl wir observiert werden?

schrieb sie zurück.

Die sind für eine Stunde in der Frühstückspause.

Dann bis 10 Uhr. Kaffee?

schrieb Jenny.

Gerne. Ohne alles.

kam die prompte Antwort.

Gerade legte Jenny das Handy zur Seite, da kam Rainer mit dem benutzten Frühstücksgeschirr nach unten. Es war bereits halb zehn, und im Speisesaal war längst wieder Ruhe eingekehrt, da dieser Trupp Arbeiter so wie jeder andere vor ihm die früheste Möglichkeit zum Frühstücken nutzte, um sich so bald wie möglich auf den Weg zu den Großbaustellen zu machen. Wenn die

Arbeiter hier saßen, herrschte immer völlige Stille, was Unterhaltungen anging, denn dafür war während der Busfahrt noch Zeit genug. Stattdessen war beständiges Klirren von Messern, Kaffee- und Eierlöffeln zu hören. Außerdem herrschte ein dauerndes Hin und Her, da praktisch im Fließbandtempo gegessen wurde und zum Ende jeder Scheibe Brot ein prüfender Blick zur Uhr wanderte, ob wohl noch eine Scheibe zu schaffen war, bevor der Bus vorfuhr und dreimal kurz hupte.

Sobald das geschah, schlangen die Männer den Rest runter und räumten im Eiltempo die Tische ab. Minuten später sah der Saal so sauber aus, als hätte dort noch niemand gesessen. Dabei hatte Jenny wiederholt darauf hingewiesen, dass sie das nicht machen mussten, weil dafür ihr Personal zuständig war. Da die Männer sich nicht davon abhalten ließen, hatte sie es sich angewöhnt, jedem von ihnen beim Hinausgehen noch etwas Süßes zum Knabbern mitzugeben, was mit einem Lächeln und einem Danke angenommen wurde.

Jetzt waren nur noch drei Tische besetzt: ein Ehepaar aus Deutschland, zwei Geschäftsleute aus England und eine fünfköpfige Gruppe junger Leute aus ebenso vielen verschiedenen Ländern. Rainer als ihr Dauergast hätte zwar auch einen Tisch hier unten im Speisesaal nutzen können, aber er zog es meistens vor, in seiner großzügigen Suite unter dem Dach zu frühstücken.

Er brachte das Tablett in die Küche und kam nach vorn zum Empfang, wo Jenny die nächste Bestellung an Bürobedarf zusammenstellte.

„Morgen, Blondie“, sagte er und zwinkerte ihr zu.

Jenny zog eine Augenbraue hoch. „Wieso bist du so gut gelaunt?“

„Oh, meine Jungs haben mir gerade die ersten fertigen Szenen geschickt, und ich muss neidlos anerkennen, dass ich die Masken nicht besser hinbekommen hätte“, antwortete er.

„Hast du ihnen das gesagt?“

Er hob die Hände hoch. „Himmel behüte. Der Meister sagt doch seinen Schülern nicht, dass sie ihn überflügelt haben. Ich will schließlich nicht entbehrlich werden. Natürlich habe ich gelobt, aber an ein paar Details Kritik geübt. Zu viel Lob macht träge, aber Kritik spornt an und beflügelt.“

„Kommt ganz auf die Kritik an“, sagte Jenny. „Meine Kunstlehrerin war in dem Punkt eine dumme Kuh, wobei ich mich bei allen Kühen für den Vergleich entschuldigen möchte. Aber die Frau sah sich an, was ich gemalt, gezeichnet oder gebastelt hatte, und ihr Standardkommentar war: ‚Na ja, wenn es so was nicht gäbe, wüsste man gar nicht, wie gut wirklich gute Kunst ist.‘“

„Sehr nett“, kommentierte Rainer.

„Ja, vor allem motiviert einen das, sich bei der nächsten Aufgabe noch weniger anzustrengen“, sagte sie und wechselte das Thema. „Ich treffe mich gleich mit Ilse.“

„Kommt sie her?“

„Nein, sie ist um zehn auf dem Deich.“

„Hm“, machte Rainer. „Sie weiß doch, dass wir observiert werden. Wenn die Leute dich sehen, wie du den Deich raufgehst, kommt garantiert einer von denen hinterher. Ich kann mir nicht vorstellen, dass es für Ilse gut ist, wenn sie von den Kollegen gesehen wird, wie sie mit dir redet.“

„Unsere ‚Jenny-Watcher‘ sind offenbar in der Frühstückspause und bekommen gar nichts davon mit, was hier passiert." Sie verzog den Mund zu einem ironischen Grinsen. „Irgendwie passt das zu Koekamps gesamter Truppe."

„Wenn das so ist, dann wundert mich nicht, dass die den Zeeland-Ripper bis heute nicht erwischt haben", sagte er. „Ich weiß gar nicht, worauf sich diese Spezialeinheit etwas einbildet."

„Vermutlich versteht Koekamp es, sich gut zu verkaufen", erwiderte Jenny. „Oder er hat gute Bekannte bei den Medien, die sofort zur Stelle sind, wenn er was zu verkünden hat. Na ja, und dann hängt sich der Rest automatisch mit dran, da man ja nichts verpassen will. Du weißt ja, wie das läuft."

„Leider ja", stimmte Rainer ihr zu. „Dann grüß Ilse von mir", fügte er hinzu, als sie um den Empfang herumging und dabei ihre dicke Jacke anzog.

„Werde ich machen", entgegnete sie. „Kannst du Sietske bitte Bescheid geben, dass sie den Empfang übernehmen soll?"

„Wird erledigt, Boss", versprach er ihr, während sie zum Büfett ging und zwei Becher mit Kaffee füllte, Deckel aufsetzte und sie übereinandergestapelt in einer Hand hielt.

Als sie nach draußen ging, war es überraschend windstill. Um auf den Deich zu gelangen, musste sie erst noch auf den Polizeitransporter zugehen, von dem aus der Eingang zur Pension überwacht wurde, da sich die Treppe kurz vor dem Parkplatz befand. Die fast schwarz getönten Scheiben machten es unmöglich zu erkennen, ob sich jemand im Wagen aufhielt, und genau das machten sich Koekamps Leute offenbar zunutze. Sollte sich Ilse getäuscht haben, würden sie das wohl schnell merken, sobald einer ihrer Beobachter den Wagen verließ, um ihr zu folgen.

Auf dem Deich angekommen sah sie sich um, konnte die Polizistin aber zunächst nirgends entdecken. Einige wenige Fußgänger und Radfahrer waren auf dem Deich unterwegs, dahinter am Strand konnte Jenny eine Handvoll Jogger ausmachen, die mit ihren Hunden um die Wette zu laufen schienen.

Da auch hier oben alles windstill war, fühlten sich die fünf Grad an diesem Morgen gar nicht so kalt an. Das Meer war fast spiegelglatt und dadurch mal frei von Surfern und Windsurfern, die sonst gern das Wasser bevölkerten, um sich mit dem Wind und den Wellen zu messen.

Hoch über ihr zogen die Möwen ihre Bahnen und kreischten, um sich untereinander auszutauschen, ob irgendeiner von ihnen etwas Essbares ausfindig gemacht hatte.

Jennys Handy meldete den Eingang einer neuen SMS von Ilse.

Ich bin die mit der Radpanne.

Sie sah sich um und entdeckte gut dreißig Meter entfernt eine Frau mit Pudelmütze, die neben ihrem Fahrrad hockte und mal an dieser, mal an jener Stelle drückte, rappelte oder rüttelte. Gemächlich ging Jenny weiter, so als würde sie zum Zeitvertreib auf dem Deich entlangschlendern. Als sie die Radfahrerin erreicht hatte, die ihr Rad ganz links abgestellt hatte, blieb sie zunächst am anderen Rand des asphaltierten Wegs stehen. „Brauchen Sie Hilfe?"

„Ich weiß nicht, mein Rad fährt nicht“, lautete die Antwort.

„Woran liegt es?“, fragte Jenny und stellte sich auf der anderen Seite neben das Rad.

„Vermutlich daran, dass ich nicht draufsitze und in die Pedale trete“, sagte Ilse grinsend, während Jenny ihr den einen Kaffeebecher in den kleinen Korb vor dem Lenker stellte.

„Dann sollten Sie das vielleicht gleich mal versuchen“, schlug sie vor und hockte sich auf der anderen Seite neben das Fahrrad.

„Wie kommen Sie voran?“, fragte Ilse, die durch die Pudelmütze kaum wiederzuerkennen war.

Sollte einer der Beobachter hier oben nach Jenny suchen, würde er nur sehen, dass sie einer anderen Frau bei der Reparatur ihres Fahrrads half, also eine ganz unverfängliche Szene.

Jenny verzog den Mund. „Es könnte besser gehen“, sagte sie. „Velsinga hat mit dem Mord garantiert nichts zu tun. Nicht nur, weil er ein überzeugendes Alibi hat. Ich konnte ihn gestern Abend mit der Unterstellung, er selbst habe den Mord an seiner Frau in Auftrag gegeben, so wütend machen, dass ich jede Wette eingehe, dass er mit der Sache nichts zu tun hat.“

„Das war nicht gespielt?“

„Wenn das gespielt war, müssten viele Schauspieler ihm ihre Oscars überlassen“, sagte Jenny. „Mein Vorwurf kam so aus heiterem Himmel, dass er gar nicht glauben wollte, was ich ihm da unterstellt habe.“

„Okay, ich vertraue darauf, dass Sie ihn richtig eingeschätzt haben“, erwiderte Ilse.

„Das war es dann aber auch schon", fuhr Jenny fort. „Im Augenblick sind wir der Ansicht, dass jemand Velsinga den Mord anhängen wollte und womöglich sogar darauf gehofft hat, dass er sich tatsächlich mit einer Geliebten bei mir einquartiert hat, die Velsinga mit einem Alibi nur noch mehr geschadet hätte."

Ilse musste lachen. „Da haben Sie allerdings recht. Richter geben wenig auf das Alibi der Geliebten, wenn der Mann im Verdacht steht, seine Frau ermordet zu haben. Aber wer hätte ein Interesse daran, ihm einen Mord anzuhängen?"

„Tja, das ist eben genau der Punkt, an dem wir nicht weiterkommen", musste Jenny einräumen und erwähnte die Orient-Express-Variante, bei der alle Nachbarn etwas zum Honorar für den Killer beigesteuert haben müssten.

Ilse verzog missmutig den Mund. „Da müssten ziemlich viele Leute zusammengelegt haben, was die Chancen erhöhen würde, dass irgendwann einer von ihnen anfängt zu reden. Es muss sich nur einer über seinen Nachbarn ärgern, weil der als neues Hobby mit dem Alphornblasen begonnen hat, und dann ist die Harmonie dahin. Irgendwer fragt sich, warum er sich damals nur dazu hat verleiten lassen, hundert Euro zum Honorar für einen Mörder dazuzugeben, der dann die verhasste Nachbarin kaltblütig erstochen hat."

„Das dürfte aber eine Weile dauern, bis der Frust so groß wird, dass man ein Geständnis ablegt", wandte Jenny ein.

Die Polizistin nickte zustimmend. „Das ist das Problem, weil uns die Zeit für so etwas fehlt und weil sie uns jetzt schon davonrennt."

„Wie soll ich das verstehen?“

„Es scheint so, als hätte Koekamp mehr oder weniger entschieden, dass Velsinga der Zeeland-Ripper ist“, sagte sie.

„Aber die Vorgehensweise ist doch nun wirklich in jeder Hinsicht anders!“, protestierte Jenny.

„Ich weiß das. Mir müssen Sie das nicht sagen“, erwiderte Ilse.

„Und wenn Velsinga für die Morde des Zeeland-Rippers Alibis vorbringen kann?“

Ilse presste die Lippen zusammen, als wäre ihr übel, dann erklärte sie: „Hoofdcommissaris Koekamp hat in seiner Dienstzeit insgesamt drei Tatverdächtige erschossen, weil er der festen Überzeugung gewesen war, dass sein Gegenüber unmittelbar vor der Festnahme zu einer Waffe gegriffen hatte, die gar keine Waffe war. Einmal war es nur die Hand, die angeblich wie eine Pistole ausgesehen hatte. Ein anderes Mal verlor der Verdächtige das Gleichgewicht und hielt sich an einer Türklinke fest, die sich offenbar vor Koekamps Augen wie durch einen Zauber in eine Schusswaffe verwandelte. Und im dritten Fall hatte der kurzsichtige Verdächtige seine Brille in der Hand, die er aufsetzen wollte, um zu sehen, wer denn wohl von der Polizei aufgefordert worden war, sich nicht von der Stelle zu rühren.“

„Lassen Sie mich raten“, sagte Jenny. „Die Brille war plötzlich eine Magnum .44, richtig?“

„So in etwa“, bestätigte Ilse. „Er war tot, noch bevor er die Brille hoch genug genommen hatte, um hindurchsehen zu können. Die Untersuchungen wurden nur halbherzig durchgeführt, weil die Opfer schon durch etliche Straftaten aufgefallen waren, darunter auch durch Gewalt gegen Polizisten. Zu viele Leute sagten über sie, es sei nicht schade um solche Typen, die doch nur Ärger machten."

„Das stärkt ja nicht gerade das Vertrauen in unsere Polizei", merkte Jenny betreten an.

„Das würde gestärkt, wenn jemand da mal aufräumen würde", sagte Ilse. „Jemand, den es nicht kümmert, welches Ansehen einer genießt und was man ihm alles durchgehen lässt, sondern der sagt, dass dieses und jenes so nicht geht und dass ein Polizist, der ein solches Verhalten an den Tag legt, nicht länger für den Dienst taugt. Aber dafür braucht man nicht nur den, der aufräumt, sondern auch Leute, die mitziehen. Wenn einer wie Koekamp aus dem Dienst entlassen wird und der geht vor Gericht und gerät an einen Richter, mit dem er als junger Mann von einer Kneipe zur nächsten gezogen ist, dann kann man sich denken, wie so ein Verfahren ausgeht."

„Leider ja", stimmte Jenny ihr zu. „Und Sie nehmen an, dass ihm bei Velsinga ein ähnliches ‚Missgeschick' passieren könnte?"

„Normalerweise würde ich keinem Kollegen unterstellen, dass er grundlos einen Verdächtigen erschießt", betonte Ilse. „Man kann ein Handy für eine Waffe halten, wenn die Lichtverhältnisse nicht besonders gut sind. Man kann aber auch einfach behaupten, dass man einen bloßen Schatten für eine Waffe gehalten hat. Es bleiben einem ja nur Sekundenbruchteile, um zu entscheiden, ob man abdrücken muss, um sein eigenes Leben zu beschützen. Wenn man dann noch weiß, dass man einen brutalen Serienmörder vor sich hat, muss man umso mehr damit rechnen, dass der ohne zu zögern abdrückt. Der Zeeland-Ripper ist so jemand. Außerdem ist der eine Figur, durch die Koekamp zu einer Art Legende werden könnte, wenn er ihn unschädlich macht."

„Aber Velsinga ist nicht der Ripper", wandte Jenny ein. „Was ist, wenn der wahre Ripper sich so darüber ärgert, dass er wieder zuschlägt?"

„Dann wird man behaupten, dass man es mit einem Nachahmungstäter zu tun hat", sagte die Polizistin. Jenny verzog missmutig den Mund. „Keine schönen Aussichten. Und wie soll es jetzt weitergehen?"

„Koekamp interessiert das alles ja nicht, weil er seinen Täter bestimmt hat und es nur noch darum geht, Velsinga ausfindig zu machen. Wäre mir der Fall nicht weggenommen worden, hätte ich mit meinen Leuten hier in Zuiderdijk herumgefragt, ob jemand etwas Verdächtiges gesehen hat. Ob sich jemand vor dem Mord auffällig in der Ecke umgesehen hat, um den zukünftigen Tatort auszuspionieren, ob irgendwo ein Wagen geparkt hat, der niemandem aus dem Dorf zu gehören scheint. All diese Dinge, die ich jetzt nicht tun kann." Sie zuckte mit den Schultern. „Zugegeben, ich könnte natürlich hier und da Fragen stellen, aber wenn ich Pech habe und jemand auf der Wache anruft, weil ihm erst ein paar Stunden später noch etwas eingefallen ist, dann habe ich noch mehr Ärger am Hals, als ich mir jetzt schon einhandeln könnte, wenn uns jemand beobachtet und vielleicht sogar belauscht."

„Das Risiko wäre wirklich zu groß", musste Jenny ihr zustimmen. „Rainer und ich können das aber übernehmen, und vielleicht macht meine Freundin Babette auch noch mit. Wenn *wir* Fragen stellen, kann uns Koekamp schließlich nichts."

„Richtig", bekräftigte Ilse. „Wenn Sie fragen, dann kennen die Leute Sie. Sie müssen keine Dienstmarke zeigen, und Ihnen vertraut man eher noch etwas an, was man der Polizei nicht sagen würde."

„Wir werden unser Bestes geben", versicherte Jenny ihr. „Allerdings muss ich zugeben, dass wir uns keine allzu großen Hoffnungen machen sollten. Immerhin war Mevrouw Velsinga nicht hier, um sich Zuiderdijk anzusehen, und sie wollte auch nicht ihren Mann überraschen. Also wird sie sich sehr unauffällig verhalten und darauf geachtet haben, dass man möglichst keine Notiz von ihr nimmt. Und am Abend wird sie unmittelbar vor der Begegnung mit ihrem Mörder auch irgendwo im Verborgenen gewartet haben ..."

„... und ihr Mörder wird auch dunkel gekleidet durch die Straßen gehuscht sein und die Dunkelheit gesucht haben. Ich weiß, ich weiß", sagte Ilse frustriert. „Einen Versuch ist es trotzdem wert."

Jenny nickte. „Das wollte ich auch nicht abstreiten, Ilse", betonte sie. „Es ist auch kein völlig sinnloses Unterfangen, denn im Moment sind kaum Touristen in Zuiderdijk, da fallen die wenigen jedem Einheimischen auf. Hoffen wir, dass es wenigstens einen gibt, der mehr gesehen hat als einen dunkel gekleideten Mann, der womöglich aber auch eine Frau war und der in ein dunkles Auto eingestiegen und davongefahren ist." Sie richtete sich auf und applaudierte, während sie anerkennend nickte. „Na, sehen Sie, das war doch gar nicht so schwer mit der Reparatur. Jetzt können Sie bestimmt ohne Probleme nach Hause fahren."

Ilse bewegte das Rad vor und zurück. „Holen Sie Ihr Handy so aus der Tasche, als würde jemand Sie gerade anrufen. Schauen Sie betroffen drein, als wäre etwas Schlimmes geschehen. Dann können Sie zurückgehen, ohne dass jemand misstrauisch wird, der uns beobachtet."

„Beobachtet uns denn jemand?" Aus dem Augenwinkel suchte sie den Weg zu ihrer Linken ab, konnte aber niemanden entdecken.

„Ja. Einer der Männer aus dem Transporter ist vorhin raufgekommen und direkt auf der anderen Seite wieder deichabwärts gegangen, und seitdem läuft er da unten etwas unschlüssig hin und her", antwortete Ilse amüsiert. „Er weiß nicht, ob er näher kommen soll, um mich besser sehen zu können. Und er scheint angestrengt zu überlegen, was er am besten machen soll, um uns nicht aus den Augen zu lassen, ohne dabei aufzufallen."

„Ich würde sagen, er hat kläglich versagt", meinte Jenny amüsiert.

„Ja, und er hat es nicht mal gemerkt. Gut, Sie kehren um, ich fahre weiter, und wer zuerst etwas Neues weiß, gibt Bescheid."

Jenny nickte und gestikulierte so, als würde sie der Polizistin erklären, wie sie weiterfahren musste. Dann zog sie ihr Handy aus der Tasche und tat, was Ilse ihr gesagt hatte. Scheinbar aufgeregt machte sie kehrt und ging zügig auf dem Deich in Richtung Pension zurück. Aus dem Augenwinkel konnte sie sehen, wie der Polizist sich ebenfalls auf den Rückweg machte. Sie fühlte sich versucht, ihm zuzuwinken oder am Fuß des Deichs zu warten, bis er von der anderen Seite rüberkam. Aber es ärgerte sie viel zu sehr, unter ständiger Beobachtung zu sein, als dass sie ernsthaft Lust darauf gehabt hätte, einen von Koekamps Leuten ein bisschen in Verlegenheit zu bringen. Wenn schon, dann müssten sie die ganze Truppe richtig bloßstellen, Koekamp eingeschlossen.

Als sie sich ihrer Pension näherte, kam ihr eine Idee, wie sie diese Leute vielleicht ein wenig auf Trab halten konnte.

„Das ist frustrierend", seufzte Babette, als sie sich zu Jenny und Rainer an den Tisch setzte. Die beiden waren schon vor einer Viertelstunde ins Café 't Hoekje gekommen, das sich gleich neben dem Supermarkt befand. Die Terrasse vor dem Haus war eigentlich recht großzügig bemessen, aber nur vier Tische standen immer im Freien. Gut drei Viertel der Fläche hatten die Betreiber des Cafés in einen Wintergarten umgebaut, der je nach Wetterlage so zusammengefaltet werden konnte, dass man auch dort unter freiem Himmel sitzen konnte.

„Das Café?", fragte Jenny irritiert, da Babette sich umgesehen hatte, als sie ihre Äußerung gemacht hatte.

„Was? Ach so, nein", sagte Babette hastig, als sie merkte, wie ihre Worte angekommen waren. „Das Café finde ich wunderschön. Wie eine Reise zurück in die Zeit, als meine Eltern noch Kinder waren. Ich kenne Fotos von damals, wenn meine Mutter mit ihren Eltern ein Café besuchte. Da lagen auch diese dicken Läufer auf den Tischen, und die Stühle waren so bequem, dass man den ganzen Tag einfach dasitzen wollte."

„Ja, von Fotos kenne ich das auch noch", stimmte Jenny ihr zu. „Muss schön gewesen sein damals."

„Es *war* schön damals“, warf Rainer ein und grinste die beiden an. „Ihr vergesst immer gern, dass ich ein paar Jahre älter bin als ihr. Oder ihr tut nur so, als würdet ihr es vergessen, weil ihr mir das Gefühl geben wollt, gar nicht so alt zu sein“, fügte er mit einem Augenzwinkern an. „Aber das war damals wirklich so gemütlich, dass man gar nicht mehr aufstehen wollte. Ist natürlich schlecht fürs Geschäft, wenn jeder Gast vier Stunden mit einem Stück Kuchen und zwei Tassen Kaffee einen Tisch belegt.“

„Apropos Kuchen“, sagte Babette. „Was habt ihr da?“

„Schwarzwälder Kirsch“, antwortete Jenny.

„Sieht gut aus. Sehr gut sogar.“

„Schmeckt auch so, wie es aussieht“, meinte Rainer. „Ist zwar eine typisch deutsche Torte, aber die hier ist besser als alles, was ich bei uns gegessen habe.“

Die Bedienung kam an den Tisch, nahm die Bestellung auf und ging wieder.

„Dann hast du also nichts erreichen können“, folgerte Jenny, „wenn das alles so frustrierend ist, wie du gesagt hast.“

Babette schüttelte den Kopf. „Niemand hat etwas gesehen oder gehört, niemandem sind Leute aufgefallen, die nicht aus Zuiderdijk sind. Niemand ist dabei beobachtet worden, wie er durch die Straßen geschlichen ist. Nicht mal jemand, der mit dem Hund draußen war, hat was gesehen.“

Jenny nickte. „Das wundert mich auch nicht. Mitten in der Nacht ist zu dieser Jahreszeit sowieso kaum ein Mensch draußen unterwegs, wenn er nicht gerade einen Hund hat, der sich in Wind und Wetter die Beine vertreten will. Und wenn doch, dann wird der Mörder das früh genug gesehen haben und in Deckung gegangen sein, um nicht gesehen zu werden. Wenn alle Lokale zu sind und die Leuchtreklame ausgeschaltet ist, kann man umso besser einmal quer über den Marktplatz laufen, ohne dass irgendwer etwas davon mitbekommt."

„Richtig", stimmte Rainer ihr zu. „Und wenn er dann mit Mevrouw Velsinga zusammentrifft, jagt er ihr das Messer ins Herz, setzt sie auf die Bank und macht sich aus dem Staub. Er muss ja nicht lange warten, ob sie tatsächlich tot ist. Das weiß er, und da ihr keine Zeit mehr bleibt, um Hilfe zu rufen, kann er sich einfach umdrehen und im Schutz der Dunkelheit weggehen."

„Dann sind wir also so schlau wie vorher?", fragte Babette.

„Sieht so aus", sagte Jenny. „Gut, wir haben nicht jeden einzelnen Zuiderdijker fragen können, aber wir haben in den Lokalen herumgefragt und in den Geschäften, und da waren überall Gäste und Kunden. Auf zweibis dreihundert dürften wir wohl kommen, was schon ein ganz guter Schnitt sein dürfte."

„Das ist nichts, weil wir etwas brauchen, um Velsinga zu entlasten", meinte Rainer und zog betrübt die Mundwinkel nach unten.

„Wir können ja heute Abend noch ein paar Wohnhäuser abklappern und hoffen, dass der Mord nicht völlig unter Ausschluss der Öffentlichkeit geschehen ist", sagte Jenny und stutzte. „Was rede ich denn da? Der Mord selbst wurde natürlich von niemandem beobachtet, sonst hätte ja jemand die Polizei alarmiert."

„Richtig", bestätigte Babette und rückte ein Stück zur Seite, da die Bedienung ihr Kaffee und Kuchen brachte.

Sie nickte dankend. „Aber Mevrouw Velsinga und ihr Mörder müssen schließlich irgendwie hergekommen sein. Jemand könnte das gesehen haben."

„Aber anscheinend hat niemand etwas beobachtet", konterte Jenny. „Wir haben ja schließlich jeden gebeten, bei seinen Verwandten und Bekannten nachzufragen, und bis jetzt hat sich niemand gemeldet." Sie schüttelte missmutig den Kopf. „Dass das Ganze aber auch noch unter Zeitdruck geschehen muss, nur weil dieser verrückte Koekamp seinen Zeeland-Ripper schnappen will, das war nun wirklich nicht nötig."

„Man könnte fast meinen, dass dieser Koekamp über dem Gesetz steht und einfach macht, was ihm gefällt", sagte Rainer. „Ich kann nicht verstehen, warum die Vorgesetzten solchen Polizisten nicht sagen, dass sie ihre Arbeit erledigen sollen, anstatt überall als Selbstdarsteller aufzutreten. Der Kontakt zu den Medien sollte immer nur über den Pressesprecher laufen."

„Wenn man mit genügend hohen Tieren schon mal einen über den Durst getrunken hat, bleibt so was gar nicht aus", meinte Jenny. „Denen ist was rausgerutscht, was sie lieber für sich behalten hätten, und dann sehen sie über das, was eigentlich ein Fehlverhalten ist, auch mal hinweg."

„Es wäre schön, wenn wir Koekamp ein Bein stellen könnten", sagte Babette daraufhin. „Für den armen Meneer Velsinga wäre das ohnehin nötig, damit man ihm nicht den Prozess macht, aber grundsätzlich wäre es doch gut, diesen Mann mit viel Schwung ins Leere laufen zu lassen."

Jenny lächelte ein wenig betrübt. „Auch wenn ich euch beiden aus vollstem Herzen zustimmen muss, fürchte ich, dass man uns das Vergnügen vorenthalten wird. Wir können froh sein, wenn es uns gelingt, den wahren Mörder zu finden und Koekamps Vorgesetzten davon zu überzeugen, dass wir den Mörder haben und dass Koekamp sich in eine fixe Idee verrannt hat. Wir werden den Mann wohl kaum bloßstellen können, weil die Chefetage das nicht will, sondern das Ganze unter den Tisch kehren wird. Und für die Behauptung, Velsinga sei der Zeeland-Ripper, finden sie garantiert eine überzeugende Ausrede, wie es zu der Verwechslung kam."

Rainer und Babette nickten mit finsterer Miene, dann aßen sie in einvernehmlichem Schweigen den Kuchen. Als sie gegen vier Uhr das Café verließen, fiel Jenny ein, dass sie noch ein paar Dinge im Supermarkt besorgen wollte. Babette verabschiedete sich daraufhin, da sie noch in den beiden Arztpraxen im Dorf nachfragen wollte, ob dort jemand zu finden war, der etwas von diesem Mord oder vom Mörder oder seinem Opfer mitbekommen hatte.

„Ich komme mit und helfe dir tragen", bot sich Rainer an, was Jenny dankend annahm. Sie wusste, beim Einkaufen fielen ihr oft noch ein paar Dutzend Dinge mehr ein, die bei dieser Gelegenheit auch mit in den Einkaufswagen wanderten.

Mit dem Prospekt für die Wochenangebote in der Hand gingen sie durch einen Gang nach dem anderen, legten dieses und jenes in den Wagen, das im Großmarkt zwar billiger gewesen wäre – aber nur, wenn sie nicht das Benzin und die Zeit berücksichtigten, die dafür verbraucht wurden. Die größeren Einkäufe erledigte sie auch im Supermarkt im Dorf, aber Bestellungen wie Zehn-Kilo-Säcke Mehl oder Zehn-Liter-Kanister Speiseöl wurden dann angeliefert, weil diese Dinge nicht zum Standardangebot gehörten.

An der Kasse angekommen, räumten sie alles aus dem Wagen aufs Laufband. „Hallo, Jenny, hallo, Rainer“, wurden sie von der Kassiererin begrüßt.

„Hallo, Katrien“, erwiderte Jenny, während Rainer der Frau zunickte, die durch ihre rotblonden Dreadlocks jedem Kunden im Dorf auffiel und im Gedächtnis blieb. Aber auch ihr ansteckendes Lachen trug dazu bei, dass sie in Zuiderdijk längst so etwas wie ein Original war.

Nach einem kurzen Small Talk über das Wetter, die Gesundheit und das Leben im Generellen, fragte Katrien: „Sag mal, Jenny, hat am Samstag eine Frau mit langen dunklen Haaren bei dir eingecheckt? So um die fünfzig, würde ich sagen.“ Während sie redete, zog sie die Einkäufe über den Scanner.

Jenny stutzte, als sie diese Beschreibung hörte. „Nicht dass ich wüsste. Was ist denn mit ihr?“

„Nicht?“, erwiderte sie. „Oh, das ist schade. Sie kam um kurz vor Ladenschluss rein, holte sich eine Flasche Limo und einen Doppelpack Käse-Schinken-Sandwiches, die runtergesetzt waren, weil sie nur noch bis Sonntag haltbar waren, und dann fragte sie, ob da drüben die Pension Huis Zonnebloem ist.“

„Und weiter?“, fragte Jenny.

„Weiter nichts“, sagte Katrien. „Sie hat bezahlt und ist gegangen, und gestern Morgen ist dem Chef ein fremdes Auto aufgefallen, das seitlich ganz hinten abgestellt worden ist. Er wollte wissen, ob ich dazu was sagen kann, und ich habe ihm gesagt, dass ich dich fragen werde, ob das zufällig der Wagen dieser Frau ist. Dann kannst du ihr nämlich bitte Bescheid sagen, dass sie den Wagen doch auf deinem Parkplatz abstellen soll. Sie hat nämlich so seltsam schief geparkt, dass der Lieferant morgen früh mit seinem Laster einige Probleme bekommen dürfte."

Jenny zuckte mit den Schultern. „Also, die Beschreibung der Frau passt auf keinen Gast in meinem Haus, die würde höchstens auf eine andere Frau passen, aber ... Hör zu, wir sehen uns den Wagen an, wenn wir hier fertig sind. Vielleicht fällt mir ja ein, um wen es geht, wenn ich den Wagen vor Augen habe."

„Ach, das wäre lieb von dir. Die Falschparker abschleppen zu lassen, ist immer mit so viel Ärger verbunden", redete die Kassiererin weiter. „Der Chef muss den Abschleppdienst bezahlen und sich von den Falschparkern das Geld zurückholen, und das ist wohl kein Vergnügen, weil das fast nur Touristen machen. Dann darf der Chef auch noch Anwälte im Ausland bemühen."

„Kein Problem", versicherte Jenny ihr, gerade als der Redefluss der jungen Frau lange genug abebbte, um schnell dazwischengehen zu können. Katrien war wirklich lieb und aufmerksam und hilfsbereit, aber sie neigte dazu, ohne Punkt und Komma zu reden, sodass man spätestens nach dem dritten Satz nicht mehr so ganz folgen konnte.

Nachdem sie bezahlt und den Einkauf in zwei großen Taschen verstaut hatten, verließen sie den Supermarkt und gingen rechts um das Gebäude herum. Auf dem letzten der gut zwanzig Parkplätze, die alle frei waren, stand ein blauer Peugeot. Beim Näherkommen wurde erkennbar, dass der Wagen auf der abgewandten Seite deutlich außerhalb der Markierung stand und damit tatsächlich so abgestellt worden war, dass die Lieferanten mit ihren großen Lastwagen beim Rangieren Schwierigkeiten bekommen würden.

„Und? Klingelt da was bei dir?“, fragte Rainer, als sie vor dem Wagen standen.

Jenny schüttelte den Kopf. „Den habe ich noch nie gesehen. Vermutlich hat die Fahrerin gedacht, sie kann hier tagelang parken, wenn sie was von meiner Pension erzählt und alle glauben, sie hätte bei mir ein Zimmer.“ Sie ging um den Wagen herum, legte die Hände ans Seitenfenster und sah sich das Innenleben genauer an. Alles wirkte aufgeräumt und sauber, was die Möglichkeit ausschloss, dass jemand einfach ein zugemülltes Auto mit irgendeinem kostspieligen Defekt zurückgelassen hatte, um sich die Verschrottung zu sparen. Auf dem Rücksitz lagen ein paar Modeprospekte, ansonsten war nichts Auffälliges zu entdecken.

„Ich kann ni…“, begann Jenny und drehte sich zu Rainer um, unterbrach sich dann aber und sah noch einmal auf den Rücksitz. „Das ist ja interessant“, murmelte sie.

„Was ist interessant?“, fragte Rainer, während sie ihr Handy aus der Tasche zog.

Nach drei Versuchen hatte sie endlich den Winkel gefunden, aus dem sie ein Foto machen konnte, ohne dass die Spiegelung der Seitenscheibe störte. Dann rief sie das Foto auf, lächelte zufrieden und hielt Rainer das Handy hielt. „Sieh mal, wessen Werbeprospekt da liegt.“

Rainer betrachtete das Foto und las vor: „Marie Velsinga.“

8. Kapitel

„Das ist richtig“, bestätigte Victor Velsinga am Telefon, als Jenny ihn gleich nach ihrem Fund vom Parkplatz aus anrief. „Meine Frau fährt einen blauen Peugeot. Wieso fragen Sie?“

„Weil wir den Wagen soeben am Supermarkt entdeckt haben“, sagte sie. „Sie haben nicht zufällig den Zweitschlüssel für den Wagen?“

„Nein, der hängt daheim am Schlüsselbrett“, antwortete er sofort. „Ich kann Ihnen den Hausschlüssel geben, wenn Sie den Schlüssel brauchen. Was hoffen Sie, im Wagen zu finden?“

„Einen Hinweis darauf, mit wem sie sich hier verabredet hatte“, erklärte sie. „Vielleicht ist ein Notizzettel unter den Sitz geraten. Oder er liegt im Handschuhfach. Irgendetwas in dieser Art.“

„Wie gesagt, der Zweitschlüssel ...“

„Das können wir nicht wagen, Meneer Velsinga“, unterbrach sie ihn. „Ihr Haus wird mit Sicherheit immer noch beobachtet, weil die Polizei damit rechnet, dass Sie auf Ihrer Flucht früher oder später dort auftauchen, weil Sie irgendwelche Papiere brauchen.“

„Den eigentlichen Wagenschlüssel hat wohl die Polizei“, sagte Velsinga.

„Richtig. Ich vermute, dass Commissaris Ruijters in der Lage sein wird, uns den Schlüssel zu beschaffen. Ich hatte allerdings gehofft, dass wir sie nicht schon wieder bemühen müssen, weil das für sie ja auch nicht ohne Risiko ist." Sie überlegte kurz, dann entschied sie: „Es hilft nichts, ich werde sie anrufen. Sollten wir etwas finden, gebe ich Ihnen Bescheid. Ansonsten bleiben Sie weiter bei Babette, da sind Sie immer noch am sichersten aufgehoben."

„Ich hatte auch nicht vor, das Haus zu verlassen", versicherte er ihr. „Danke für alles, Mevrouw van Oosterburg."

„Danken Sie uns später, wenn das alles hinter uns liegt", erwiderte sie, verabschiedete sich und legte auf.

„Und?", fragte Rainer.

„Der Zweitschlüssel ist im Haus", sagte sie. „Ich muss Ilse anrufen."

Gegen elf Uhr am nächsten Morgen standen Rainer und Jenny gegen Mevrouw Velsingas Wagen gelehnt da und warteten auf Ilses Ankunft. Die Polizistin war zwar erfreut gewesen, als sie am Tag zuvor von dem Fund des Wagens gehört hatte, weil sie auch hoffte, auf eine Spur zu stoßen. Allerdings war es da bereits zu spät gewesen, die Kollegin im Büro anzurufen, die Zugang zu den Habseligkeiten der Ermordeten hatte und die auch bereit gewesen wäre, ihr den Schlüssel für eine Weile zu überlassen.

Fast genau um Punkt elf Uhr kam Ilse zu Fuß um die Ecke und sah sich immer wieder um, während sie sich dem letzten Platz näherte.

„Guten Morgen, zusammen", begrüßte sie die beiden. „Ich habe vorsorglich am Deich geparkt und bin das letzte Stück zu Fuß gegangen. Ich will ja nicht, dass mir die lieben Kollegen bis hier hinterherfahren."

„Morgen, Ilse“, erwiderte Jenny. „Das würde uns auch noch fehlen, wenn Koekamps Leute auf den Wagen aufmerksam werden.“

Ilse holte den Wagenschlüssel aus der Handtasche und verteilte Einweghandschuhe. „Wir wissen nicht, ob der Mörder am oder im Wagen war“, erklärte sie und schloss auf. „Dann wollen wir doch mal sehen, ob wir irgendetwas Belastendes finden, was Meneer Velsinga entlastet.“

Zu dritt hatten sie den Wagen nach gut einer Viertelstunde komplett auf den Kopf gestellt, wobei jeder auch in den Ecken nachsah, die von den anderen bereits kontrolliert worden waren. Am Ende standen sie mit leeren Händen da und betrachteten frustriert den Wagen, in den sie so große Hoffnungen gesetzt hatten.

Missmutig ließ sich Jenny im Fahrersitz nach hinten sinken, als ihr Blick aus einem unerfindlichen Grund zum Rückspiegel wanderte. „Wieso ist der Rückspiegel eigentlich so ein Klotz?“, wunderte sie sich.

„Weil da eine Kamera integriert ist“, sagte Rainer, der sich seitlich über die Motorhaube beugte. „Eine Dashcam, die alles mitfilmt, was während der Fahrt passiert. So ein Teil habe ich auch noch nicht gesehen. Bestimmt irgendwas Importiertes.“

„Leider steht der Wagen falsch und die Kamera filmt nur die Seitenwand des Supermarkts“, meinte Jenny.

„Selbst wenn der Wagen woanders abgestellt worden wäre, würde es nichts bringen“, hielt Ilse dagegen. „Normalerweise schalten die sich spätestens dann ab, wenn der Motor aus ist.“

„Außerdem zeigt sie nach vorn“, betonte Rainer. „Wenn sie von jemandem verfolgt wurde, kann man es auf den Aufnahmen nicht sehen.“

Ilse ging nach hinten und machte die Heckklappe auf. „Aber vielleicht sieht man es auf den Aufnahmen *dieser* Kamera“, sagte sie. „Sofern die was aufgenommen hat.“

„Ist da noch eine? Die war mir gar nicht aufgefallen“, sagte Jenny.

„Die fällt auch so leicht nicht auf, weil sie gleich neben dem dritten Bremslicht montiert ist“, antwortete Ilse und beugte sich, um die Kamera abzutasten. „Wo haben wir es denn? Ah, da. Na, bitte.“ Sie kam nach vorn und zeigte die Speicherkarte, die sie aus der Kamera geholt hatte. „Darf ich mal?“, fragte sie und deutete auf den Innenspiegel.

Jenny stieg aus und ließ die Polizistin gewähren, die beide Speicherkarten in einen der kleinen Plastikbeutel fallen ließ, die für Sicherung von Beweismitteln gedacht waren.

Als sie aussteigen wollte, sagte Jenny: „Können Sie den Wagen ein Stück nach rechts versetzen? Mevrouw Velsinga hat nämlich so schief geparkt, dass morgen der Lieferant mit seinem Laster hier nicht richtig rangieren kann.“

„Ich habe ja Fotos davon gemacht, wie der Wagen hier steht“, meinte Ilse schulterzuckend. „Dann kann ich ihn auch gleich drei oder vier Plätze weiter abstellen, damit der Lieferant wirklich genug Platz hat.“

„Gut“, sagte Jenny. „Dann gehe ich schon mal rein und sage Bescheid. Falls der Chef will, dass der Wagen gar nicht hier steht, können wir ihn immer noch auf unseren Parkplatz bringen.“

Auf dem Weg in den Supermarkt rief Jenny noch einmal Velsinga an, um ihm von ihrem Fund zu berichten.

„Kameras?", fragte er ungläubig. „Das höre ich zum ersten Mal. Ich bin mit ihrem Wagen gefahren, und von Kameras war mir nichts bekannt. Aber es passt leider zu meiner Frau, dass sie mir nicht nur hinterhergefahren ist, sondern mich auch noch gefilmt hat, um mir beweisen zu können, dass ich gar nicht da war, wo ich angeblich hinfahren wollte." Nach einer kurzen Pause fragte er: „Bringt der Fund mir irgendwas? Außer dem Beleg, dass meine Frau mich verfolgt hat?"

„Ich weiß nicht, Meneer Velsinga", antwortete sie ehrlich. „Wir müssen uns ansehen, was die Bilder zeigen."

Velsinga atmete schwer durch. „Hoffen wir das Beste." Er verabschiedete sich und legte auf.

Als sie Minuten später den Supermarkt verließen, stieß von rechts Ilse zu ihnen. „Und?", fragte sie.

„Der Wagen kann noch stehen bleiben", sagte Jenny. „Solange der Chef weiß, an wen er sich wenden kann, falls der Wagen doch wegmuss, ist alles in Ordnung." Dann fügte sie an: „Velsinga hatte übrigens keine Ahnung von den Kameras."

„Das wird sich zeigen", gab die Polizistin zurück, und auf Jennys fragenden Blick hin erklärte sie: „Wenn seine Fingerabdrücke auf den Speicherkarten oder an den Kameras zu finden und die Karten leer sind, dann hat er sie ausgetauscht, um belastendes Material zu vernichten. Das glaube ich zwar nicht, aber ich kann es nicht ausschließen."

Jenny nickte verstehend. „Okay, dann gehen wir rüber und sehen uns an, wie Mevrouw Velsingas letzte Fahrt verlaufen ist", sagte sie.

Um Ruhe und Platz zu haben, hatten sie sich in Jennys Wohnzimmer zurückgezogen, das so wie das Bad und das Schlafzimmer hinter der Pensionsküche in einem Anbau gelegen war. Sie hatte darauf verzichtet, sich eine eigene Küche einzurichten, da alles gleich daneben greifbar war und sie sich jederzeit alles zubereiten konnte, was sie wollte – sofern sie Zeit dafür hatte und nicht ihre Köchin es für sie erledigte.

„So, damit ist die zweite Speicherkarte auch kopiert", sagte Jenny, zog die Karte mit Einweghandschuhen aus dem Laptop und ließ sie in die kleine Plastiktüte fallen. Der Laptop war mit dem Fernseher verbunden, damit sie alle besser sehen konnten, was auf den Karten gespeichert war. „Ich lasse beide Aufnahmen gleichzeitig ablaufen, einverstanden?"

„Auf jeden Fall", stimmte Ilse ihr zu. „Da erkennt man Zusammenhänge wesentlich schneller."

Rainer und Ilse hatten sich auf die Couch gesetzt, die genauso schlicht gehalten war wie das ganze Zimmer. Jenny selbst nahm im Sessel links von ihnen Platz. Rainer hatte es bei seinem ersten Besuch als ein wenig karg bezeichnet und sich darüber gewundert, dass Jenny sich in einem Wohnzimmer wohlfühlte, das – ohne es abwertend oder beleidigend zu meinen – ein wenig den Charme eines Wartezimmers versprühte. Ihre Erklärung war denkbar einfach: Sie hielt sich den ganzen Tag in ihrer auf Gemütlichkeit ausgerichteten Pension auf, dass sie am Abend schlichtweg froh war, mal etwas anderes zu sehen.

Die Wiedergabe begann, auf beiden Bildern war eine Straße zu sehen, die Rainer und Jenny sofort wiedererkannten. „Da wohnen die Velsingas!“, sagten sie gleichzeitig.

„Eigenartig“, meinte Jenny, als der Wagen nach etwa zweihundert Metern rechts abbog. „Einerseits habe ich das Gefühl, als würde ich selbst fahren, aber jetzt beim Abbiegen fühle ich mich wie ein Beifahrer, der nicht weiß, wohin es geht.“

„Mich stört, dass ich nicht nach links und rechts sehen kann“, sagte Rainer. „Zum Beispiel dieser BMW, der offenbar von links gekommen ist. Auf dem Bild nach vorn war von dem nichts zu sehen, und auf dem Bild nach hinten taucht er aus heiterem Himmel auf.“

„Ja, es ist etwas gewöhnungsbedürftig“, musste Ilse zugeben. „Das ist bei diesen Bodycams nicht anders. Wenn man nur die Aufnahme eines Polizisten sieht, bekommt man von einem Geschehen einen ganz anderen Eindruck, als wenn man die Aufnahmen von seinen drei Kollegen parallel dazu gezeigt bekommt.“

Die Fahrt ging quer durch Scheveningen und dauerte dank einer ganzen Reihe von roten Ampeln endlos lang. Schließlich sagte Ilse: „Sie können ruhig mal ein Stück vorspringen.“

Als Jenny den Mauszeiger bewegte, rutschte ihr Finger so unglücklich ab, dass die Wiedergabe kurz vor dem Ende fortgesetzt wurde. Es war zu sehen, wie Mevrouw Velsinga auf den Parkplatz des Supermarkts in Zuiderdijk einbog, da im Hintergrund die alte Kirche zu erkennen war.

„Hoppla, das war ein bisschen sehr weit“, murmelte Jenny und wollte den Zeiger zurückziehen, da rief Ilse: „Halt!“ Gleichzeitig setzte Rainer zu einem „Da ist doch der ...“ an, unterbrach sich aber, da er wohl annahm, dass die Polizistin noch etwas sagen wollte. Die sah ihn aber an und nickte. „Sie zuerst."

Rainer lächelte sie an und sagte: „Das ist doch der BMW, der sich gleich nach der Abfahrt hinter sie gesetzt hatte."

„Das werden wir gleich sehen", erwiderte Ilse. „Springen Sie doch mal mit dem Button da unten zehn Sekunden zurück ... und noch mal ... Stopp! Halt!" Der dunkelgraue BMW war dicht hinter Velsingas Wagen, da er so wie sie von der Durchgangsstraße in die Kleine Marktstraat abgebogen war. Das Standbild ließ das Kennzeichen deutlich erkennen. „Und jetzt bitte zurück an den Anfang, als der Wagen hinter ihrem Wagen auftaucht."

Jenny bewegte den Mauszeiger an den Anfang und erwischte exakt die Sekunde, als sich der graue BMW aus der Seitenstraße kommend hinter sie setzte. Bevor sie etwas sagen konnte, rief Ilse: „Bingo!"

„Das ist der Wagen", flüsterte Jenny und musste sich davon abhalten, in lauten Jubel auszubrechen. Vielleicht war das der Durchbruch, aber vielleicht auch nur ein dummer Zufall.

„Können wir die beiden Aufnahmen schneller abspielen? Achtfach? Oder sechzehnfach?", wollte Ilse wissen.

„Die kompletten Aufnahmen?"

„Ja, ich will wissen, ob er die ganze Zeit genau hinter ihr war", erklärte die Polizistin. „Dann könnten wir davon ausgehen, dass sie beide verabredet waren. Die meisten Autofahrer scheinen zwar inzwischen vergessen zu haben, wofür Rückspiegel benutzt werden. Aber selbst, wenn man nur alle zehn Minuten einmal in den Spiegel sieht, dürfte einem auffallen, dass man anscheinend verfolgt wird."

Jenny nickte und stellte die Wiedergabe entsprechend ein. Solange sie in der Stadt unterwegs waren, blieb der BMW dicht hinter ihr, was verständlich war, wenn er sie verfolgte. Es war nur ein Wagen dazwischen nötig, um sie aus den Augen zu verlieren. Als sie Den Haag hinter sich gelassen hatten und auf die Autobahn fuhren, änderte ihr Verfolger seine Taktik. Mal blieb er gleich dahinter, mal ließ er sich so weit zurückfallen, dass ein Lastwagen sich zwischen beide Wagen setzen konnte. Ein paar Minuten später tauchte er wieder auf und überholte Velsingas Peugeot, dann wurde der BMW langsamer, sodass die nach ihm fahrenden Lastwagen und Personenwagen nach und nach überholten, auch Mevrouw Velsinga.

„Ein bisschen komme ich mir vor, als würde ich den Film Duell sehen", meinte Rainer zwischendurch. Als er von beiden Frauen fragende Blicke erntete, sagte er: „Ein Film über einen Mann, der von einem Vierzigtonner verfolgt wird ... Ein Frühwerk von Spielberg ... Ein Klassiker?" An den fragenden Blicken änderte sich nichts, woraufhin er eine wegwerfende Geste machte und spottete: „Elende Banausen. Ihr wisst gar nicht, was euch entgeht."

Auf der Landstraße hinter Rotterdam schien der Fahrer dann immer darauf zu achten, dass mindestens zwei Wagen zwischen ihnen waren, was ihm erst kurz vor Zuiderdijk nicht mehr möglich war, da sich außer Velsingas Wagen niemand mehr vor ihm befand. Von da an schien es ihn aber auch nicht mehr zu stören, denn die Frau, die er verfolgte, musste sich jetzt ganz auf die Strecke konzentrieren und konnte nicht darauf achten, wer hinter ihr war.

Als sie auf den Supermarktparkplatz einbog, bremste ihr Verfolger kurz ab und schien ihr hinterherzusehen. Dann verschwand er aus dem Bild, da sie nach links fuhr. Beide Bilder zeigten, wie Mevrouw Velsinga um den Supermarkt herumfuhr und rückwärts auf dem letzten Platz einparkte.

Ilse griff seufzend zu ihrem Telefon, wählte eine Nummer, murmelte „Hoffentlich werde ich das nicht bereuen“ und wartete ab, dass der Anruf angenommen wurde. „Ruud? ... Ja, Ilse hier ... Du hast mich doch neulich mal gefragt, ob ich mit dir zu Abend essen gehen würde. ... So lange ist das her? Mensch, wie die Zeit vergeht. ... Ich ... Was? ... Ja, ich muss dich um einen Gefallen bitten. Genau genommen um zwei Gefallen. Du musst nur sagen, wann ... Was? Du bist verlobt? Oh, das ... ähm ... das wusste ich gar nicht“, sagte sie und sah Jenny und Rainer erschrocken an. „Trotzdem? O Mann, das ist wirklich lieb von dir. ... Also, was ich brauche, ist zum einen eine Halterfeststellung ... Ich gebe dir das Kennzeichen durch ...“ Sie las die Kombination aus Buchstaben und Ziffern vor. „... Ja, richtig. Und dann müsste ich wissen, ob der Halter polizeibekannt ist.“ Sie hörte dem Mann am anderen Ende der Leitung geduldig zu, nickte zwischendurch kurz und sagte: „Mach von den Resultaten bitte Screenshots und schick die als Anhang an meine private E-Mail-Adresse, dann fällt das nicht auf. ... Ja, es ist dienstlich, aber ich bin nicht im Dienst, wie du vermutlich gehört hast. Deshalb brauche ich etwas Offizielles auf inoffiziellem Weg, weißt du?“ Nach einer kurzen Pause fügte sie hinzu: „Du hast was bei mir gut ... Was? Dein Aquarium hüten? Für drei Wochen?“ Sie verdrehte die Augen und seufzte so leise, dass Ruud sie bestimmt nicht hören konnte. „Kein Problem“, sagte sie, bedankte sich noch einmal und beendete das Gespräch.

Sie sah Jenny und Rainer an und zog die Mundwinkel nach unten. „Ich hoffe, das war es wert. Ich habe keine Lust, mich drei Wochen lang um Ruuds Aquarium zu kümmern, nur weil irgendein Fahranfänger zufällig dieselbe Strecke genommen hat wie Mevrouw Velsinga.“

„Wenn es falscher Alarm war, werde ich mich mit Ihnen beim Fischehüten abwechseln“, versprach Jenny und zwinkerte ihr zu.

„Wann werden wir wissen, ob es das wert war?“, fragte Rainer.

„Oh, Ruud ist eigentlich jemand, der sehr schnell arbeitet“, sagte sie. „Es würde mich nicht wundern, wenn ...“ Sie wurde vom Summen ihres Smartphones unterbrochen, das den Eingang einer E-Mail ankündigte. „*Das* wundert mich jetzt doch.“

„Schon ein Ergebnis?“, wollte Jenny wissen.

„Hm“, machte Ilse. „Da ist wohl jemand sehr verzweifelt auf der Suche nach einem Fische-Sitter.“ Sie tippte auf ihr Smartphone, vergrößerte die geöffneten Bilder und schob sie hin und her. Dann stand sie auf und sagte: „Können Sie noch mal zu der Szene zurückgehen, an der der Verfolger abbremst und Mevrouw Velsinga hinterhersieht, wie sie auf den Parkplatz fährt?“ Nach ein paar Versuchen war die richtige Stelle gefunden. Ilse beugte sich vor und betrachtete das Bild, das den Mann am Steuer des BMW zeigte. Es war nicht allzu scharf und auch recht düster, aber eine Tätowierung am Hals war gut zu erkennen.

Sie kehrte zur Couch zurück und zeigte den beiden das Foto, das ihr Kollege ihr mitgeschickt hatte. „Das ist unser Mann“, verkündete sie.

„Aber wir wissen noch nicht, ob er tatsächlich Velsingas Frau erschossen hat“, wandte Jenny ein, die lieber etwas skeptisch war.

„Unser Verdächtiger heißt Geert Lodewijk, lebt in Den Haag, wurde unehrenhaft aus dem Militärdienst entlassen und ist etliche Male wegen Körperverletzung zu Geldstrafen und kurzen Haftstrafen verurteilt worden. Zuletzt hat er einen Monat im Gefängnis verbracht, weil er vor etwa einem Jahr einen Mitarbeiter des Einwohnermeldeamts brutal zusammengeschlagen hatte. Der Mann hatte ihm eine Adresse nicht herausgeben wollen, auf die Lodewijk gar keinen Anspruch hatte. Daraufhin ist er wohl ausgerastet. Das ... Ah, sieh an. Er ist ebenfalls seit etwa einem Jahr verwitwet. Die Attacke auf den Angestellten erfolgte drei Wochen nach dem Tod seiner Frau Rebecca. Sie ist offenbar beim Zusammenstoß mit einer Straßenbahn ums Leben gekommen.“

„Hmm“, machte Jenny nachdenklich. „Was verbindet Lodewijk mit Velsingas Frau?“

„Ihn können wir nicht fragen“, betonte Ilse. „Es ist nicht mein Fall, und wenn wir diese Information an Koekamp weiterleiten, wird er sie ignorieren.“

„Aber wir können Velsinga fragen“, schlug Rainer vor. „Vielleicht gibt es ja auch eine Verbindung zu ihm, oder seine Frau hat ihn mal erwähnt, weil sie aus irgendeinem Grund mit ihm zu tun hatte.“

Jenny griff nach ihrem Handy, wählte Velsingas Nummer und legte das Gerät auf den Tisch. Als er sich meldete, tippte sie auf eine weitere Taste und sagte: „Meneer Velsinga, ich habe Sie auf Lautsprecher geschaltet. Commissaris Ruijters und Meneer Trompeter sind ebenfalls hier." Rainer zog amüsiert eine Augenbraue hoch.

„Wie kann ich Ihnen behilflich sein?", wollte er ohne lange Vorrede wissen.

„Wir konnten herausfinden", übernahm Ilse die Unterhaltung, „dass Ihre Frau von Den Haag bis Zuiderdijk von einem Mann namens Geert Lodewijk verfolgt worden ist. Sagt Ihnen der Name etwas?"

„Lodewijk?", wiederholte er irritiert. „Auf Anhieb kann ich den nicht zuordnen. Was hatte er denn mit meiner Frau zu tun?"

„Wir hatten gehofft, dass Sie uns das sagen könnten", erwiderte Ilse ein wenig missmutig. „Er hat wiederholt wegen Körperverletzung vor Gericht gestanden, und vor einem Jahr kurz nach dem Tod seiner Frau Rebecca ist er so ausgerastet, dass ein Angestellter der Stadt für Wochen im Krankenhaus gelegen hat."

„Moment, wie war der Name?", warf Velsinga ein.

„Wie der Angestellte heißt, wissen wir nicht."

„Nein, nein, Mevrouw Ruijters. Nicht der Angestellte, sondern Lodewijks Frau", stellte er klar.

„Ähm ... Rebecca."

„Rebecca Lodewijk? Aber natürlich!", rief er ins Telefon. „Mevrouw van Oosterburg, ich habe Ihnen doch von dem Kochkurs erzählt. Diese Rebecca Lodewijk war mit mir in diesem Kochkurs. Wir haben Herd an Herd gearbeitet und uns gut verstanden. Eigentlich wären wir nach dem Kurs gern noch etwas trinken gegangen, um uns zu unterhalten – und damit meine ich auch unterhalten, aber weiter nichts. Sie war mir viel zu jung, aber sie hatte so eine Art an sich, dass man sich gern mit ihr austauschte. Wir haben aber weder gleich nach dem Kurs irgendwo was getrunken, noch haben wir uns später verabredet. Ich hätte es ohnehin nicht gemacht, weil ich meiner Frau nicht noch mehr Munition liefern wollte. Aber bevor ich überhaupt hätte fragen können, sagte sie von sich aus, dass ihr Mann sehr eifersüchtig und sehr gefährlich ist. Eines Tages kam sie dann nicht mehr zum Kurs, aber den Grund konnte ich nicht herausfinden. Von der Kursleitung erfuhr ich auch nichts, daher nahm ich an, dass ihr der Kurs nicht mehr gefallen hatte. Oder dass ihr Mann etwas dagegen einzuwenden hatte. Dass sie tot ist, wusste ich nicht. Ich habe aber auch nie versucht, sie ausfindig zu machen. Ich dachte mir, wenn ich dabei an ihren Mann gerate, dann deutet der das falsch, und am Ende hat sie Ärger und ich bekomme Ärger, und wenn meine Frau davon hört, legt sie ohnehin alles so aus, wie es ihr recht ist. Was ist ihr zugestoßen? Seiner Frau, meine ich. Hatte er etwas damit zu tun?"

„Nein, es war ein Unfall, ein Zusammenstoß mit einer Straßenbahn", antwortete Ilse.

„Hatte Rebecca Lodewijk Ihre Adresse?", fragte Jenny.

„Adressen spielten keine Rolle bei dem Kurs", sagte er. „Wir redeten uns nach dem ersten Abend alle nur noch mit Vornamen an, alles andere war unwichtig. Ich bekam ja auch nicht Rebeccas Adresse, als ich nachfragte, warum sie nicht mehr kommt."

„Woher wusste dann Geert Lodewijk, wo Sie wohnen?", wollte Jenny wissen.

„Gute Frage", gab er zurück. „Aber es ist denkbar, dass er uns hinterhergefahren ist. Einmal wollte mein Kollege anschließend noch etwas erledigen, und Rebecca sagte, dass sie mit Bus und Bahn nach Hause fahren müsse. Weil es so regnete, habe ich vorgeschlagen, dass ich sie mitnehme und zu Hause absetze."

„Ihr Mann könnte irgendwo gewartet haben, um zu sehen, was sie macht, wenn sie den Bus nehmen muss", überlegte Jenny. „Er sieht Sie beide aus dem Hotel kommen, nimmt an, dass Sie eine Affäre haben, fährt hinterher, sieht zu, wie Sie seine Frau zu Hause absetzen. Danach folgt er Ihnen und findet heraus, wo Sie wohnen. So eifersüchtig und gewalttätig, wie er nun mal ist, will er sich an Ihnen rächen, aber vielleicht verpasst er Sie immer wieder. Daraufhin beschließt er, stattdessen Ihre Frau zu töten, auch wenn sie nichts mit Ihrer angeblichen Affäre zu tun hatte."

„Hm", machte Velsinga. „Das würde auf eine verdrehte Weise einen Sinn ergeben. Ich habe ja bei meiner Frau erlebt, wie man sich die Realität zurechtlegt, damit sie zu dem passt, was man dem anderen vorwerfen will."

Ilse überlegte einen Moment lang. „Wir würden Lodewijk zum Reden bringen, wenn er Sie sieht, Meneer Velsinga. Wenn Sie ihn fragen würden, warum er das getan hat. Es wäre ihm zweifellos eine Genugtuung, Ihnen zu erzählen, wie gut es sich angefühlt hat, Ihnen Ihre Frau wegzunehmen, so wie ihm seine Frau weggenommen wurde."

„Das kann ich mir gut vorstellen", sagte Velsinga. „Aber wie wollen Sie ihn dazu bringen, dass er sich mit mir trifft?"

„Ich glaube, ich habe da schon eine grobe Idee“, entgegnete die Polizistin. „Aber an der Idee muss ich zusammen mit meinem Team arbeiten.“ Dabei sah sie zwischen Jenny und Rainer hin und her, die beide unwillkürlich lächeln mussten. „Wir melden uns, sobald wir uns etwas überlegt haben.“

9. Kapitel

Zwei Tage später wurde Geert Lodewijk um sieben Uhr morgens aus dem Schlaf gerissen, als sein Telefon klingelte. Er tastete nach dem Handy, kniff die Augen zusammen und sah auf das Display. „Unbekannter Anrufer?“, murmelte er und drückte den Anruf weg.

Augenblicke später klingelte es erneut, wieder drückte er auf ‚Abweisen‘. Der Unbekannte ließ sich aber davon nicht irritieren, sondern rief Sekunden später schon wieder an.

„Was?“, meldete sich Lodewijk ungehalten.

„Meneer Lodewijk, wie schön, dass Sie sich doch noch entschlossen haben, sich zu melden“, sagte eine ihm unbekannte leise Männerstimme.

„Wer sind Sie?“

„Nur ein zufälliger Spaziergänger, der das Glück oder Pech hatte, am letzten Wochenende in Zuiderdijk einen Mitternachtsspaziergang zu unternehmen, um mein neu erworbenes Nachtsichtgerät zu testen, das meine Frau mir zu Weihnachten geschenkt hat“, redete der Fremde weiter. „Ich war ganz fasziniert davon, wie diese Geräte funktionieren. Ich konnte eine Frau sehen, die neben der Kirche in fast völliger Dunkelheit dastand, und dann überquerte ein Mann den Marktplatz und ging zu dieser Frau. Ich sah mit an, wie er ihr ein Messer in den Leib rammte und dann wegging. Ich spielte mit dem Gedanken, ob ich mich zu erkennen geben sollte, aber ich hielt es nicht für ratsam, weil ich nicht wusste, ob Sie vielleicht noch ein Messer in der Tasche haben. Aber das war nicht schlimm, Sie konnten ruhig weggehen. Wussten Sie, dass Nachtsichtgeräte über eine Aufnahmefunktion verfügen? Und dass diese Aufnahmen erstaunlich gut sind? Ich habe mich damit begnügt, Ihnen bis zu Ihrem Wagen zu folgen, wovon Sie natürlich nichts mitbekommen konnten, da für Sie ja ringsum alles in tiefe Nacht getaucht war."

„Woher haben Sie meine Nummer? Wer sind Sie? Sind Sie von der Polizei?", fragte Lodewijk irritiert.

Der Anrufer lachte. „Nein, von der Polizei bin ich ganz sicher nicht. Dann hätte ich es leichter gehabt, anhand des Kennzeichens Ihre Identität herauszufinden."

„Und was soll das Ganze?", wollte er wissen.

„Ich möchte Ihnen gern die Speicherkarte überlassen, auf der der Mord dokumentiert ist, den Sie begangen haben", sagte der Anrufer. „Im Gegenzug überlassen Sie mir zehntausend Euro."

Lodewijk schnaubte. „Wie kommen Sie auf die Idee, dass ich zehntausend Euro habe?"

„Aus dem gleichen Grund, aus dem Sie weitere neunzigtausend Euro auf Ihrem Konto haben. Die Lebensversicherung Ihrer Frau war doch sehr schnell ausgezahlt worden."

„Die Lebensversicherung meiner Frau? Woher wissen Sie ...?", begann er, aber der Mann fiel ihm ins Wort.

„Ist das wichtig? Man muss nur Leute kennen, die an den richtigen Stellen sitzen, dann erfährt man vieles", sagte er. „Bei Ihrem Kennzeichen war es etwas schwieriger, bei Ihrem Kontostand dafür umso leichter."

Lodewijk saß im Bett und versuchte einen klaren Gedanken zu fassen.

„Bevor Sie mir noch weitere Fragen stellen, die ich ja doch nicht beantworten werde, möchte ich lieber sagen, wie das abläuft: Sie gehen gleich zur Bank und heben zehntausend Euro ab, und dann machen Sie sich auf den Weg nach Zeeland – den Weg dahin kennen Sie ja – und fahren zum Bungalowpark Zeeuwse Glorie nördlich von Vlissingen. Sie begeben sich direkt zum Bungalow Nummer vier, dort klopfen Sie an, und zwar genau um vierzehn Uhr. Kalkulieren Sie ein, dass Sie vom Parkplatz bis zum Bungalow bei zügiger Gangart ungefähr fünf Minuten brauchen. Wenn Sie nicht um vierzehn Uhr hier sind, liefere ich die Aufnahme bei der Polizei ab. Ich kann mir nicht vorstellen, dass Ihnen das gefallen wird."

„Und wenn ich unterwegs in einen Stau gerate? Und zwanzig Minuten zu spät komme? Ich kann Sie ja nicht mal anrufen, weil ich Ihre Nummer nicht habe!", redete Lodewijk drauflos, da ihn eine unerklärliche Panik erfasste. „Was ist, wenn ich einen Unfall habe?"

„Rechnen Sie einfach mit allen Eventualitäten, dann werden Sie auch bis vierzehn Uhr hier sein", sagte der Anrufer. „Bis nachher. Oder auch nicht. Es liegt an Ihnen, ob die Polizei um kurz nach vierzehn Uhr mit der Suche nach Ihnen beginnt oder ob Sie mit einem Verbrechen davonkommen, für das andere für lange Zeit ins Gefängnis wandern." Dann legte der Anrufer auf.

Erst jetzt bemerkte Lodewijk, dass er schweißgebadet war. Ein Nachtsichtgerät? Ein Kerl mit einem verdammten Nachtsichtgerät hatte alles gesehen? Er holte aus, hielt sich aber noch in letzter Sekunde davon ab, sein Handy gegen die Wand zu schleudern. Der Unbekannte konnte jederzeit wieder anrufen, und wenn er dann wegen eines zerschmetterten Handys nicht erreichbar war ...

Die beiden Polizisten, die vom Parkplatz am Dijkweg aus die Pension Huis Zonnebloem beobachteten – Agent Deboer und Agent Bruinsma –, bereiteten sich allmählich darauf vor, so wie jeden Tag gegen halb eins ihren Posten für eine Weile zu verlassen und im Dorf essen zu gehen. Es war zwar erst Viertel nach zwölf, aber da sich seit Tagen nichts getan hatte und der Zeeland-Ripper nicht aufgetaucht war, um seine Sachen zu holen, war auch nicht damit zu rechnen, dass an diesem Freitag irgendetwas anders sein würde. Außerdem war es nie zu früh, sich auf die Mittagspause vorzubereiten.

„Wo sollen wir heute essen gehen?", fragte Deboer. „Im Asia-Grill?"

„Keine Ahnung", antwortete Bruinsma. „Die Auswahl ist einfach zu groß. Ich will Bratwurst, aber ich will auch Fritten, und ich will Saté, und ich ..."

„Hey, warte mal", unterbrach ihn Deboer. „Sieh mal, die Chefin vom Laden geht jetzt erst joggen! Die ist doch sonst morgens unterwegs, und dann immer mit dieser Rothaarigen."

„Ja, und?", fragte Bruinsma. „Dann ist sie eben später unterwegs."

Sein Kollege schüttelte den Kopf. „Man merkt, dass du noch nie jemanden observieren musstest. Leute sind Gewohnheitstiere, die halten sich an Rituale, an ungeschriebene Gesetze. Wenn sie sonst morgens um sieben läuft und heute erst um Viertel nach zwölf, dann ist irgendwas anders als sonst. Als ob die Frau Zeit fürs Joggen hat, wenn in ihrem Laden Mittagszeit ist."

„Vielleicht ist nicht viel los", hielt Bruinsma dagegen.

„Es kann aber jeden Moment viel los sein", konterte Deboer. „Da kann sie nicht einfach davonlaufen und ... Hey, was ist denn jetzt los? Sie läuft ins Dorf, nicht auf den Deich."

Sein Kollege zuckte mit den Schultern. „Bestimmt ist es ihr zu langweilig geworden, immer auf dem Deich entlangzurennen."

„Unsinn, soweit ich weiß, haben Jogger ihre festen Strecken, auf denen die lange Zeit gleichmäßig laufen können. Wie soll sie das im Dorf machen? Da sind ihr ständig Autos und Radfahrer und Leute im Weg."

„Ja, und? Was heißt das jetzt?"

„Das heißt, werter Kollege, dass sie uns dazu bringen will, dass wir ihr folgen", erklärte Deboer. „Sie will uns von hier weglocken, weil hier gleich irgendwas passiert, was wir nicht sehen sollen."

„Interpretierst du nicht ein bisschen viel in die Tatsache, dass sie mittags statt morgens joggt und statt nach links nach rechts läuft?"

Deboer hob mahnend den Zeigefinger. „Ich sage dir, in den nächsten fünf Minuten wird sich da was tun, und wir sollen das nicht mitbe..."

Weiter kam er nicht, da in diesem Moment am anderen Ende ein auffallend gelber kleiner Mercedes um die Ecke schoss und mit hohem Tempo den Dijkweg entlangfuhr. Vor der Pension kam der Wagen zum Stehen, eine Frau sprang raus und lief auf das Grundstück zu.

„Augenblick mal, das war doch …“, begann Deboer und sah Bruinsma an.

Der starrte mit aufgerissenen Augen auf den Wagen und murmelte: „Commissaris Ruijters. Richtig. Was macht die denn hier?“

Nur ein paar Momente später kam sie in Begleitung eines älteren Mannes mit grauem Haarkranz nach draußen, lief mit dem Mann um den Wagen herum, um ihn auf der Beifahrerseite einsteigen zu lassen. Sie schlug die Tür zu, lief zur Fahrerseite und stieg ein. Sie gab so stark Gas, dass die Fahrertür ganz von selbst zufiel. An der Ecke angekommen, an der sie Richtung Grote Straat abbiegen musste, bremste sie ab, grinste in Richtung des zivilen Polizeifahrzeugs und zeigte den beiden Polizisten den Mittelfinger. Dann gab sie wieder Gas und fuhr davon.

„Das war doch gerade … Velsinga!“, sagten Deboer und Bruinsma gleichzeitig.

So schnell sie nur konnten, kletterten die Polizisten von der Ladefläche nach vorn auf die Sitze. Während Deboer den Motor anließ und mit durchdrehenden Reifen losfuhr, griff Bruinsma nach dem Handy und wählte Koekamps Nummer.

„Chef, die Ruijters war gerade hier und hat Velsinga aus der Pension gebracht. Sie ist mit einem knallgelben Mercedes E-Klasse unterwegs“, meldete er, gerade als sie den Parkplatz verließen. Er sah nach links und sah den Wagen dort aus dem Dorf herausfahren. „Sie fahren nach Norden.“

„Nach Norden?“, brüllte Koekamp. „Alles klar. Bleib in der Leitung und sag Bescheid, wohin sie als Nächstes fahren.“

„Alles klar, Chef", bestätigte er, holte das magnetische Blaulicht aus dem Handschuhfach und machte es auf dem Wagendach fest.

„Da vorne sind sie", sagte Deboer und trat das Gaspedal weiter durch. „Mist, dass wir mit dieser Karre unterwegs sind. Die beschleunigt wie ein fünfzig Jahre alter Trecker."

„Ach, bei all den Kreisverkehren kann sie nicht so Gas geben, wie sie gerne möchte", meinte Bruinsma. „Ein bisschen zu schnell und du rammst die Begrenzungssteine an der Ausfahrt."

„Sie biegen rechts ab", rief Deboer in das Handy, das sein Kollege in der linken Hand hochhielt.

„Verstanden", kam Koekamps Stimme aus dem Lautsprecher.

Plötzlich bremste der Mercedes ab und bog nach links auf einen Feldweg ein, der zu einem kleinen Wald führte. „Da! Bieg ab!", rief Bruinsma.

„Blödsinn", erwiderte Deboer. „Der Feldweg macht hinter dem Wäldchen einen Knick nach rechts und führt zurück zu dieser Landstraße hier. Sie fährt uns also gleich wieder vor die Füße, und wenn wir Glück haben, sind wir so schnell, dass wir ihr den Weg abschneiden können."

Während sie den Wald links liegen ließen, tauchte Augenblicke später der gelbe Mercedes wieder auf und fuhr in Richtung Landstraße, die er allen Bemühungen der Polizisten zum Trotz deutlich vor ihnen erreichte.

Die Verfolgungsjagd ging weiter, am nächsten Kreisverkehr ging es wieder nach links. „Richtung Norden", meldete Bruinsma, nur um am nächsten Kreis rechts abzubiegen. Nach einer Viertelstunde Irrfahrt hatten

Bruinsma und Deboer beide so sehr die Orientierung verloren, dass sie nur noch „links", „rechts" und „geradeaus" oder das melden konnten, was auf den Wegweisern stand. Wo Norden, Süden oder eine der anderen Himmelsrichtungen waren, das hatten sie längst aus den Augen verloren.

„Verdammt, kann diese Frau sich endlich mal entscheiden, wohin sie will?", brüllte Koekamp aus dem Handy. „Wie oft sollen wir eigentlich noch wenden und abbiegen?"

„Das müssen Sie die Ruijters fragen, nicht uns", gab Bruinsma zurück. „Die fährt durch die Gegend, als hätte sie den Verstand verloren."

Es war bereits gegen halb zwei, und irgendwie hatte die Commissaris es geschafft, ihre Verfolger so kreuz und quer durch Zeeland zu jagen, dass sich alle sechs an der Jagd befindlichen Fahrzeuge in einer langen Reihe hinter ihr befanden. Keiner von ihnen konnte jetzt noch aus einer anderen Richtung kommen und ihr den Weg versperren.

„Das wird wohl so lange gehen, bis ihr Tank leer ist", meinte Bruinsma frustriert.

„Oder unserer", gab Deboer zurück und deutete auf die Tankanzeige, die sich dem roten Bereich näherte.

Auf einmal wurde der Mercedes langsamer und fuhr in eine Pannenbucht, wo er zum Stehen kam. Die Polizeifahrzeuge, die ihm hinterhergefahren waren, hielten vor und hinter der Pannenbucht mit quietschenden Reifen an und waren so über die Landstraße verteilt, dass ein Vorbeikommen nicht mehr möglich war.

„Die gehört mir!", brüllte Koekamp, kaum dass er aus seinem Wagen gesprungen war, zog seine Dienstwaffe und lief zum Mercedes. „Commissaris Ruijters, Sie sind hiermit …“, brüllte er los, verstummte aber gleich wieder, als ihm durch das offene Seitenfenster Jenny anlächelte, die ganz allein im Wagen saß. „Sie sind die Frau aus der Pension?“

„Hallo, Hoofdcommissaris Koekamp, lange nicht gesehen“, sagte sie. „Was kann ich für Sie tun?“

„Den Kofferraum aufmachen“, herrschte er sie an und lief nach hinten. Nach einem Blick in den ebenfalls leeren Kofferraum steckte er seine Waffe weg und stellte sich neben den Wagen. „Wie haben Sie das angestellt?“

„Was angestellt?“, antwortete sie mit Unschuldsmiene.

„Meine Leute haben Commissaris Ruijters und den Zeeland-Ripper mit diesem Mercedes wegfahren sehen. Sie waren die ganze Zeit hinter ihnen, sie haben Sie nicht aus den Augen gelassen, und trotzdem sind die beiden verschwunden, und Sie sitzen in diesem Wagen. Wie geht das?“

Sie zuckte mit den Schultern. „Was soll ich dazu sagen? Ich bin heute Mittag joggen gegangen und wollte dann meinen Mercedes ein bisschen ausfahren.“

Koekamp sah zu Deboer und Bruinsma. „Habt ihr den Wagen aus den Augen gelassen? Irgendwo müssen die beiden ja abgeblieben sein.“

„Wir waren immer dicht hinter dem Wagen“, antwortete Deboer.

„Nur nicht an dem Wäldchen“, merkte Bruinsma an. „Den Weg hatte sie wohl für eine Abkürzung gehalten, aber fast hätten wir ihr da schon den Weg versperren können.“

„Ein Wäldchen?“, fragte Koekamp argwöhnisch.

„Ja, so zehn Bäume oder so“, meinte Bruinsma.

„Oder so?“

„Ja, oder ein paar mehr.“

„Dicht genug, um für ein paar Sekunden den Sichtkontakt zu verlieren?“, hakte Koekamp nach und kniff die Augen ein wenig zusammen.

„Hmm“, machten beide.

„Na ja, für ein paar Sekunden“, räumte Deboer ein. „Aber das reicht nicht ...“

„Das reicht, um einen zweiten knallgelben Mercedes mit Vollgas davonrasen zu lassen, sobald sich der erste knallgelbe Mercedes im Schutz der Bäume befindet!“, brüllte Koekamp die beiden an. „Ihr zwei Vollidioten habt euch von Ruijters und ihrer Bande vorführen lassen wie zwei Anfänger. Während wir ihr nachgefahren sind, hat sich Ruijters mit dem Ripper längst aus dem Staub gemacht und garantiert zweimal das Auto gewechselt ...“

„Chef“, rief einer seiner Leute dazwischen. „Nachricht von der Zentrale, Velsinga wurde gesichtet. Bungalowpark Zeeuwse Glorie, Bungalow Nummer vier.“

„Ganz sicher?“

„Ja, er hat persönlich eingecheckt – unter seinem Namen“, antwortete der jüngere Polizist.

Koekamp sah auf seine Armbanduhr. „Bis dahin brauchen wir nicht ganz eine halbe Stunde. So schnell wird er da sicher nicht wieder auschecken, wenn er gerade erst da angekommen ist.“ Er sah zu Jenny. „Sie, Mevrouw, erwartet noch eine Menge Ärger, wenn das hier alles vorbei ist. Dafür werde ich mich einsetzen“, sagte er.

„Sie meinen, weil ich ein paar Mal vergessen habe, den Blinker zu setzen, als ich den Kreisverkehr verlassen habe?“, fragte sie grinsend und winkte ihm hinterher.

Es war Punkt vierzehn Uhr, als Lodewijk an der Tür des Bungalows anklopfte.

„Kommen Sie rein, es ist offen“, rief ihm jemand zu.

Lodewijk betrat den Bungalow, in dem es stockfinster war. Offenbar hatte der Unbekannte alle Rollläden geschlossen, aber das Licht nicht angemacht. Er zog sein Handy hervor und schaltete die Taschenlampe ein, um wenigstens etwas zu sehen.

„Halten Sie die Lampe auf den Boden gerichtet!“, wurde er in energischem Tonfall aufgefordert. „Und lassen Sie die Haustür einen Spaltbreit geöffnet. Gehen Sie geradeaus durch die offene Tür und lehnen Sie sie hinter sich an.“

„Okay“, erwiderte Lodewijk, der im Augenblick lieber gehorchte, da er von seiner Umgebung so gut wie nichts erkennen konnte und damit auch nicht wusste, was der Unbekannte sich für ihn ausgedacht hatte. Möglicherweise löste er bei einem falschen Schritt irgendeine Falle aus.

„Stehen bleiben“, wurde er aufgefordert.

Plötzlich wurden mehrere grelle Scheinwerfer eingeschaltet, die ihn so blendeten, dass er die Augen zukneifen und sich die Hände vors Gesicht halten musste. Es dauerte eine Weile, bis er den hellen Lichtschein einigermaßen ertragen konnte. Als er dann seine Umgebung blinzelnd betrachten wollte, sah er zwei Meter von sich entfernt einen älteren Mann mit Halbglatze und schmalem grauem Schnauzbart stehen. In einer

Hand hielt der Mann eine Pistole, die auf ihn gerichtet war.

Der Anblick erschreckte ihn so sehr, dass er die Augen weiter aufriss, als es bei dem grellen Licht ratsam war. Stöhnend kniff er die Augen schnell wieder zu.

„Sie?“, flüsterte er entsetzt, als er begriff, dass vor ihm Victor Velsinga stand. „Sie haben mich heute Morgen angerufen und herbestellt?“

„Sie wissen, wer ich bin?“, entgegnete Velsinga. „Das ist gut, Meneer Lodewijk. Dann wissen Sie ja wenigstens, wer Ihrem Treiben ein Ende setzen wird, und Sie müssen nicht dumm sterben.“

„Dumm sterben?“, gab Lodewijk zurück, als Velsingas Worte zu ihm durchdrangen und der erste Schreck überwunden war. Er deutete auf die Pistole. „Wollen Sie mich erschießen? Nur zu. Mein Leben ist ohnehin leer und sinnlos ohne meine Frau, und ich hoffe, Ihnen ergeht es jetzt genauso.“

„Ich habe nicht vor, Sie zu erschießen, Meneer Lodewijk“, antwortete der ältere Mann. „Ich habe vor, Sie der Polizei zu übergeben, damit Sie sich für den Mord an meiner Frau verantworten. Oder dachten Sie, Sie kommen ungeschoren davon?“

Lodewijk musste unwillkürlich grinsen. „Ich glaube, Ihnen bleibt gar nichts anderes übrig, als mich ungeschoren davonkommen zu lassen. Sie haben am Telefon nur Blödsinn geredet, damit ich glaube, ich wäre beobachtet worden. Aber Sie haben mich überhaupt nicht dabei gefilmt, wie ich Ihre Frau umgebracht habe. Als ob Sie tatenlos zugesehen hätten, wie ich Ihrer Frau eine Klinge ins Herz bohre. Glauben Sie etwa, Sie können mich mit vorgehaltener Waffe zur Polizei bringen, damit ich ein Geständnis ablege? Selbst wenn ich es wollte, würde ich gar keine Gelegenheit dazu bekommen, weil man Sie sofort überwältigen und wegsperren würde, denn immerhin sind Sie der böse, böse Zeeland-Ripper. Mich wird man gar nicht zur Kenntnis nehmen, weil sich alle viel zu sehr darüber freuen, endlich einen Serienmörder gefasst zu haben. Ich gehe unbehelligt nach Hause, und Sie gehen ins Gefängnis, weil Ihnen kein Mensch glauben wird, dass Sie nicht der Zeeland-Ripper sind." Lodewijk musste lachen. „Ist das Leben nicht verrückt? Bestimmt waren Sie ein ganz schlechter Mensch, der jetzt für alle seine Schandtaten bestraft wird, und Sie können nichts dagegen unterneh..."

Weiter kam er nicht, da nebenan plötzlich die Haustür mit solcher Wucht aufgetreten wurde, dass sie gegen die Wand knallte. „Polizei!", brüllten gleich mehrere Männerstimmen. „Keine Bewegung! Das Gebäude ist umstellt!"

„Hierher, Hilfe!", rief Lodewijk geistesgegenwärtig und schielte zur Tür, ohne Velsinga aus den Augen zu lassen. „Der Ripper ist hier! Er will mich umbringen! Helfen Sie mir!" Noch während er die Polizei zu sich rief, fiel ihm auf, dass Velsinga seine Waffe auf ein Sofa warf, das Lodewijk bis dahin nicht aufgefallen war. Es konnten nur Sekundenbruchteile vergangen sein, bis auch die Tür zu diesem Zimmer aufflog, deshalb begriff er auch nicht, warum Velsinga sich blitzschnell an den Hals griff und anscheinend versuchte, sich die eigene Haut vom Fleisch zu reißen.

Im nächsten Augenblick stürmten Koekamp und seine Leute in den Raum, riefen alle wild durcheinander und suchten mit vorgehaltener Waffe das Zimmer ab. „Wo ist Velsinga?“, wollte Koekamp wissen. „Wer sind Sie?“, herrschte er Lodewijk an, dann sah er den anderen Mann an. „Sie? Woher kenne ich Sie?“

„Das ist Velsinga! Der Zeeland-Ripper!“, rief Lodewijk und zeigte auf ... einen ganz anderen Mann, der in einer Hand etwas hochhielt wie eine Maske. Eine Maske, die aussah wie Velsinga. „Aber ... Aber ...“

„Was wird hier gespielt? Wo ist Velsinga?“, brüllte Koekamp.

„An einem sicheren Ort“, rief eine Männerstimme, die aus dem Nebenzimmer kam. Die angelehnte Tür ging auf, ein großer, weißhaariger Mann in Polizeiuniform betrat das Zimmer, neben ihm kam Ilse Ruijters zum Vorschein.

„Hoofdcommissaris de Ridder?“, murmelte Koekamp verdutzt, als er den Polizeichef von Zeeland erkannte. „Was machen Sie denn hier?“

„Ich leiste Polizeiarbeit“, antwortete de Ridder. „Ganz im Gegensatz zu Ihnen, Koekamp.“ Er hob eine Hand, als der Angesprochene protestieren wollte. „Bestehen Sie lieber nicht darauf, mit ‚Hoofdcommissaris‘ angesprochen zu werden, Koekamp, denn die Zeiten sind vorbei. Wer vergessen hat, wie Polizeiarbeit aussieht, hat nicht das Recht, einen solchen Titel zu tragen.“

„Was soll denn das heißen?“, gab Koekamp aufgebracht zurück. „Ich und meine Leute leisten hervorragende Arbeit, und wenn es nicht ständig irgendwelche Komiker gäbe, die den Ripper angeblich gesehen haben wollen und uns von unseren Ermittlungen abhalten würden, dann ...“

„Ermittlungen?“, unterbrach ihn de Ridder. „Sie ermitteln überhaupt nichts. Aus reiner Geltungssucht heraus erklären Sie ohne Grundlage einen Mann zum Zeeland-Ripper, der gerade eben seine Frau verloren hat, und zwar durch diesen Mann!“ Er zeigte auf Lodewijk, der abwehrend die Hände hob.

„O nein, ich habe damit nichts zu tun“, behauptete er geistesgegenwärtig. „Ich lasse mir nichts anhängen.“

„Niemand will Ihnen etwas anhängen, Meneer Lodewijk“, warf Ilse ein. „Sie haben vorhin den Mord gestanden, und wir haben alles auf Video aufgenommen.“ Dabei zeigte sie auf eine Kamera, die so dicht unter einem der Scheinwerfer montiert war, dass sie wegen des grellen Lichts nicht zu sehen war.

„Aber ... Aber ...“, stammelte Koekamp und sah Lodewijk an. „Wieso ...“

„Ginge es nach Ihnen, Koekamp, müsste Meneer Velsinga sich noch immer verstecken, weil er befürchten muss, dass ein wütender Mob ihn für den Ripper hält“, sagte de Ridder. „Glücklicherweise hat Commissaris Ruijters nicht vergessen, wie man ermittelt. Sie hat Fragen gestellt, sie hat zugehört, und dank der Unterstützung von Meneer Trompeter“, er deutete auf Rainer, der grinsend dastand und immer noch die Velsinga-Maske in der Hand hielt, „und Mevrouw van Oosterburg, der Sie alle wie blutige Anfänger hinterhergefahren sind, konnte der wahre Mörder überführt werden.“

„Commissaris Ruijters hatte bei diesem Fall gar nichts zu ermitteln. Ich habe ihr den Fall abgenommen, weil ich die Sondereinheit leite“, stellte Koekamp erbost richtig. „Ihnen ist wohl nicht klar, dass dieser Kerl da ungeschoren davonkommt, weil eine Polizistin ermittelt hat, die vom Dienst freigestellt wurde, Meneer *Hoofdcommissaris*." Den Dienstgrad sprach er bewusst spöttisch aus.

„Oh, das ist mir sehr wohl klar", erwiderte de Ridder mit einem milden Lächeln auf den Lippen. „Ihnen scheint aber nicht klar zu sein, dass Sie den Dienstweg nicht eingehalten haben, als Sie Commissaris Ruijters den Fall abnehmen wollten. Ich wurde nämlich davon nicht in Kenntnis gesetzt, und ich habe die vorübergehende Freistellung auch nicht genehmigt. Commissaris Ruijters war nie offiziell freigestellt, also konnte sie weiter offiziell ermitteln."

Koekamp sah de Ruiter wütend an, aber ihm fiel offenbar nichts ein, was er darauf noch entgegnen konnte.

„Wegen Ihres verantwortungslosen Verhaltens sind Sie mit sofortiger Wirkung bis auf Weiteres vom Dienst suspendiert", fuhr der Hoofdcommissaris fort. „Der Eerste Hoofdcommissaris wird darüber entscheiden müssen, wie weiter mit Ihnen verfahren wird. Ginge es nach mir, dann könnten Sie froh sein, wenn Sie bis zu Ihrer Pensionierung in der Asservatenkammer sitzen dürften."

„War das alles?", knurrte Koekamp, der sich bereits zum Gehen wandte.

„Nicht ganz", sagte de Ridder und zog sein Smartphone aus der Jackentasche. „Erst werden Sie noch eine Erklärung für die Presse abgeben, in der Sie klarstellen, dass Meneer Velsinga nicht der Zeeland-Ripper ist und dass Sie sich geirrt haben. Sie werden sich öffentlich bei ihm für diesen Irrtum entschuldigen und erklären, dass Sie als Konsequenz aus diesem Zwischenfall die

Leitung der Sondereinheit Zeeland-Ripper an Commissaris Ilse Ruijters übertragen."

Koekamp atmete schnaubend durch und schien im Begriff zu sein, de Ridder eine Beleidigung an den Kopf zu werfen und aus dem Zimmer zu stürmen.

„Falls Sie das lieber nicht machen wollen und stattdessen auf Ihre Pensionsansprüche verzichten möchten, dann müssen Sie das nur sagen", fügte de Ridder in freundlichem Tonfall an.

„Bringen wir's hinter uns", fauchte Koekamp und räusperte sich.

„Schon besser", sagte de Ridder und startete die Aufnahme.

Epilog

„Meneer Koekamp machte aber gerade keinen sehr glücklichen Eindruck, als er mir mit seinen Leuten drüben auf dem Parkplatz entgegenkam", verkündete Jenny gut gelaunt, als sie wenige Minuten nach dem Finale im Bungalow das Wohnzimmer betrat. Zwei uniformierte Beamten führten gerade Lodewijk ab.

„Das wundert mich", entgegnete Ilse amüsiert. „Ich hätte gedacht, er würde sich nach einer so strapaziösen Woche freuen, dass er jetzt lange Zeit mal gar nichts tun muss." Sie sah sich zufrieden um. „Es ist alles genau nach Plan verlaufen. Wir haben den Mörder, Velsinga kann als unbescholtener Bürger nach Hause fahren, und Koekamp hat es endlich so sehr übertrieben, dass es ihm das Genick gebrochen hat, was seine Karriere angeht."

„Hervorragend", sagte Jenny. „Dann kann ich Babette anrufen, damit sie Velsinga sagen kann, dass er sich wieder frei bewegen darf."

„Noch nicht", warnte sie Hoofdcommissaris de Ridder, der soeben aus dem Nebenzimmer hereinkam und sein Telefon wegsteckte. „Erst muss die Richtigstellung verbreitet werden, damit niemand auf die Idee kommt, Velsinga anzugreifen, weil er ihn immer noch für den Ripper hält. Sie können Ihrer Freundin aber zum einen meinen Dank ausrichten, dass sie Velsinga bei sich aufgenommen und so für seine Sicherheit gesorgt hat. Und zum anderen sagen Sie ihr bitte, dass er innerhalb der nächsten Stunde von meinen Beamten abgeholt wird, weil wir trotz allem auch noch seine Aussage brauchen. Außerdem wollen wir Koekamps Richtigstellung mit Bildern verbinden, die zeigen, wie Velsinga als freier Mann die Polizeiwache verlässt."

„Gut, das gebe ich so weiter", sagte Jenny und zwinkerte Rainer zu, der damit beschäftigt war, den Anzug auszuziehen, damit er die kugelsichere Weste ablegen konnte. Die hatte er von de Ridder für den Fall bekommen, dass Lodewijk unerwartet mit einem Messer auf ihn losging und Ilse nicht schnell genug dazwischengehen konnte.

„Als Victor Velsinga haben Sie verdammt überzeugend gewirkt", sagte de Ridder an Rainer gewandt. „Ich hätte nicht gedacht, dass die Maske so realistisch aussehen würde."

„Ich habe ja nicht umsonst so viele Preise für meine Masken bekommen", antwortete Rainer und freute sich sichtlich über sein Lob.

Der Hoofdcommissaris verabschiedete sich, womit nur noch Jenny, Rainer und Ilse übrig waren.

„Was halten Sie davon", fragte Jenny, „wenn Sie heute Abend bei uns vorbeikommen und wir stoßen auf unseren Erfolg an?"

„Da sage ich nicht Nein", erwiderte Ilse.

„Auf unseren Erfolg und auf unseren nächsten Fall", verbesserte sich Jenny und musste grinsen, als sie den finsteren Blick der Polizistin sah. „Aller guten Dinge sind doch drei, oder nicht?"

„Sie kriegen den Hals wohl nie voll, wie, Jenny?“, sagte Ilse.

„Das, meine liebe Ilse, beantworte ich Ihnen nach unserem nächsten erfolgreich gelösten Fall“, erwiderte Jenny mit einem Augenzwinkern.

ENDE